176 LE ROMAN

DE

L'AMOUR

PAR

F. CLAUDE

Tel amour, tel homme.

PARIS

MICHEL LÉVY FRÈRES, LIBRAIRES-ÉDITEURS

2 BIS, RUE VIVIENNE, ET BOULEVARD DES ITALIENS, 15

A LA LIBRAIRIE NOUVELLE

—

1862

LE ROMAN

DE L'AMOUR

DU MÊME AUTEUR A LA MÊME LIBRAIRIE

LES PSAUMES

Traduction nouvelle, suivie de notes et de réflexions.

PARIS. — IMP. SIMON RAÇON ET COMP., RUE D'ERFURTH. 1.

LE ROMAN

DE

L'AMOUR

PAR

F. CLAUDE

Tel amour, tel homme.

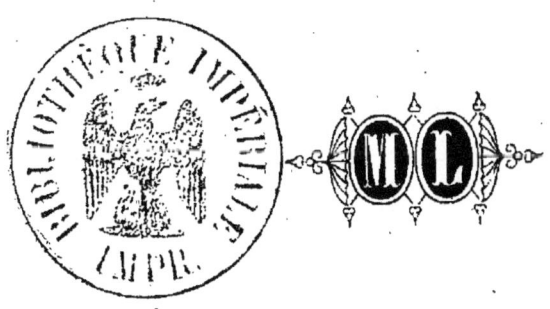

PARIS

MICHEL LÉVY FRÈRES, LIBRAIRES-ÉDITEURS

2 BIS, RUE VIVIENNE, ET BOULEVARD DES ITALIENS, 25

A LA LIBRAIRIE NOUVELLE

—

1862

Quoique détachées en apparence, les parties diverses de ce livre se relient entre elles et forment un tout dont la suite et l'unité se feront aisément remarquer. Les vers sont un cri du cœur, la prose explique et raconte; mais la prose et les vers s'inspirent mutuellement d'un même sujet, qui est l'amour.

Tous les hommes sont égaux devant l'amour,

et c'est avec raison qu'au pied de l'une de ses statues Voltaire a écrit ce charmant distique :

> Qui que tu sois, voilà ton maître :
> Il l'est, le fut, ou le doit être.

A travers les vicissitudes des âges, l'amour est le poëme éternel, le roman sans fin, le drame permanent de l'humanité comme de l'individu. Et, malgré les différences de races, de temps et de lieu, les odes de ce poëme, les scènes de ce roman, les péripéties de ce drame, restent semblables à elles-mêmes, toujours anciennes et toujours nouvelles comme la nature. C'est à ce côté universel et général que l'amour emprunte son éternelle jeunesse et le charme infaillible et souverain de ses moindres peintures sur les imaginations. C'est pourtant ce côté que les écrivains se sont plu le moins à faire ressortir. A part Milton, qui, en racontant dans une des plus belles pages du *Paradis perdu*, les amours légendaires d'Adam et d'Ève, a décrit les amours

éternelles de l'homme et de la femme ; à part
Gessner, qui, dans une gracieuse idylle, le *Premier Navigateur*, a repris le même thème avec
de fraîches et naïves couleurs ; et Scudéry, qui,
sous une forme artificielle et allégorique, a essayé de symboliser les amours chevaleresques et
maniérées de son siècle, peu d'auteurs se sont
appliqués, dans les créations de leur fantaisie ou
dans les personnages de leur fiction, à dégager
d'un épisode le caractère primitif, et à esquisser
ce que j'appellerais volontiers les mœurs de l'a-
mour. J'aurais eu l'ambition de combler cette
lacune. J'aurais voulu saisir et rendre sur le vif,
dans mes vers, les traits communs, les sentiments
identiques, les impressions constantes de l'a-
mour, en les réunissant dans un seul cœur, en
les assimilant à une même destinée. Mais je n'ai
jamais senti plus vivement le regret de mon impuissance qu'en face de cette vaste et simple
pensée.

Si tous les hommes sont égaux devant l'a-

mour, ils ne le sont pas devant le mariage, qui
en est la consécration officielle et publique. Ce
n'est point de la nature, ni de la loi, c'est du
sort que dépend cette inégalité. S'il est en effet
permis à chacun de se marier, on ne saurait accomplir ce grand acte avec convenance, et d'une
manière raisonnable, en dehors de certaines
conditions dont la première est un bien-être re-
latif. Or combien n'y a-t-il point de personnes,
jeunes hommes et jeunes filles, favorisées d'ailleurs à tous les égards, qui restent disgraciées
sous le rapport de la fortune, et par suite frap-
pées d'incapacité dans leurs plus légitimes aspirations? Telle a été l'idée de mon travail en
prose, et telle est la situation, aussi fréquente
que douloureuse, que j'ai essayé de dépeindre.
C'est moins un roman qu'une nouvelle; je dirai
mieux, ce n'est qu'une étude par laquelle je
suis entré sincèrement dans les préoccupations
de mon temps, dont la question capitale, soit dit
sans malice, est la question d'argent, élevée pour

la première fois à la hauteur d'un problème so-
cial.

Horace recommande aux poëtes de conserver
neuf ans leurs ouvrages dans une boîte de cèdre,
avant de les livrer à la publicité;

Nonum servetur in annum.

C'est un conseil dont personne ne se trouve-
rait mal, s'il était mis en pratique. Je n'ai pourtant eu qu'en partie le courage de le suivre.
Notre siècle est un siècle de friandise littéraire,
plus indulgent pour les nouveautés que fidèle
aux traditions des vieux auteurs. Si j'ai tort néanmoins, ce ne serait point là une excuse suffisante. Mais que celui-là seul qui est sans péché
à cet égard me jette la première pierre.

———

1.

LE ROMAN

DE L'AMOUR

LA JEUNE FILLE

I

Lorsque sur mon chemin passe la jeune fille,
Comme passe un oiseau dans sa grâce gentille,
A mes regards charmés le ciel semble plus beau,
Et dans la vie amère un attrait tout nouveau

Se révèle à mon cœur troublé par la souffrance.

Je ne sais quel éclair de divine espérance

Illumine la nuit où s'écoulent mes jours ;

Et toute ombre s'efface aux rayons des amours.

Sous un autre horizon qu'un reflet pur colore,

Dans un monde enchanté je sens mon âme éclore.

Je trouve bon de vivre et je bénis mon sort :

Tout mon être a vibré dans un chaste transport.

II

Dans ses yeux comme deux étoiles,

L'âme éclate d'un feu si pur,

Comme l'aurore sous ces voiles

Luit et rayonne dans l'azur !

Son front a tant de transparence

Et de pure limpidité !

Réfléchit si bien l'espérance

Dans sa douce sérénité !

Sur ses deux lèvres le sourire

S'embaume de tant de fraîcheur,

Comme la brise qui respire
Et se parfume dans la fleur !
Tant de candeur et tant de grâce,
Sur le marbre blanc et poli
De son col lisse et nu, s'enlace
Dans l'ondulation du pli !
Ses beaux seins, sources de tendresses,
Sous leur corsage au fin contour
Palpitent si bien de caresses
Pour les mystères de l'amour !
Enfin les couleurs irisées
Miroitent si bien sous sa peau,
Comme des lumières brisées
Dans un diamant de belle eau !

III

Qu'elle passe emportée au char de l'opulence
Comme un rêve doré, dans sa noble indolence ;
Ou que, simple et naïve, elle n'offre au regard,
Sous le chaume indigent, qu'une beauté sans art ;

Sa robe villageoise et sa coiffe champêtre;
Qu'elle rêve et s'incline au bord de sa fenêtre,
Près d'un rosier en fleur, d'une cage d'oiseaux,
Aimable et douce fée aux modestes travaux !
Qu'elle soit paysanne, ou grisette, ou duchesse,
Je sens monter pour elle un long flot de tendresse;
Et mon cœur, par mes yeux, aux parfums de ses pas
S'envole sur sa trace, en l'invoquant tout bas...

IV.

Ne serais-je en cela que semblable à la foule,
Qui voit, admire, envie, et puis bientôt s'écoule,
Sans un autre penser, sans autre sentiment
Que cette impression de l'instinct du moment?
Non, mon Dieu ! car toujours j'ai nourri dans mon âme
Pour le vrai, pour le beau, la généreuse flamme;
Gardant comme un trésor tous mes rêves des cieux,
Et cherchant chaque jour à me rapprocher d'eux.
J'ai pour la jeune fille un culte plein d'hommage;
De l'idéal humain c'est la plus douce image.

Dans ma religion je voudrais la bénir,
Reine du temps présent, mère de l'avenir!

V

Un mot pour elle : Sois heureuse!
Revient à mon âme rêveuse,
Et de mon cœur s'envole à Dieu,
Rapide comme un dard de feu.
Sois heureuse! car c'est justice.
Que tes pieds posent sur des fleurs,
Que ta main cueille le prémice,
Ici-bas, de tous les bonheurs!
Que tes jours coulent sans nuage,
Qu'un doux rêve berce tes nuits!
Qu'à tes yeux brille le mirage
De tous les cieux épanouis!
Que sur ses ailes infinies
Près de toi la brise des airs
T'enivre de ses harmonies
Et d'un chœur d'éternels concerts!...

A nous le travail et les peines,
L'ennui, les luttes et la mort !
A toi tous les bienfaits du sort,
L'amour aux voluptés sereines,
La joie en immortel festin !
Sois heureuse : c'est ton destin.
Le nôtre est beau par ta présence,
Ton amour ou ton espérance.

VI

Heureuse ! mais l'est-elle encore parmi nous ?
En dépit des serments qu'on lui fait à genoux
Pour un aveu d'amour, un espoir d'hyménée,
Combien sont à pleurer leur triste destinée !
Aux unes le travail et ses épuisements,
Aux autres la misère et ses abaissements ;
Pour beaucoup dans l'amour la duperie amère
Que rend plus dure encor le nom si doux de mère !

. . . .

Au lieu d'adorer l'ange et de suivre son vol,

Nous le tenons captif dans la fange du sol.

Sacriléges! car nous souillons le diadème

Que Dieu sur notre vie avait posé lui-même,

Et sans lequel honneur, progrès, tout n'est qu'un mot.

. . . .

Hélas! pourquoi mon rêve a-t-il fini sitôt?

MAURICE ET NÉRIE

I

Il y a dans le premier regard d'un jeune homme sur une jeune fille tout un poëme de mouvements charmants, d'espérances infinies, de ravissantes harmonies. Le regard de l'homme mûr a moins d'enthousiasme, mais il est plus profond, plus rêveur et plus désintéressé. Celui du vieillard est plein d'émotion attendrie et de complaisance dévouée. Personne ne reste indifférent à l'aspect d'une jeune fille, mais nul ne la comprend mieux et ne l'aime plus que le poëte.

2.

C'est qu'elle respire l'idéal, et qu'elle le rayonne autour d'elle dans son atmosphère lumineuse, dans sa grâce décente, par sa démarche aisée... Partout où passe une jeune fille, le ciel semble s'ouvrir devant elle, il se répand un air de fête, et sa joie sourit comme une fraîche aurore. Elle a pour plaire un talisman irrésistible, mêlé d'illusions, de jeunesse et de mystère, que le vulgaire appelle la beauté du diable et que les anciens désignaient mieux sous un nom charmant : la ceinture de Vénus. Sa séduction a changé plus d'une fois le sort des empires.

Mais que se passe-t-il dans l'âme d'une jeune fille qui pour la première fois regarde un jeune homme?... Nous ne le saurons jamais bien, car il serait plus facile de compter les étoiles du ciel ou les flots de l'Océan que de raconter dans tous ses détours un secret de jeune fille. Elle-même serait, par modestie, impuissante à le dire. Son charme suprême, sa plus exquise volupté, provient, d'ailleurs, de ce qu'elle s'ignore. Quoi qu'il en soit, notre roman a commencé, car Maurice a regardé Nérie.

LA FEMME

I

Qui pourrait en ses vers dire les harmonies
D'âme, d'esprit, de corps, étranges, infinies,
Qu'en les êtres divers, destinés à s'aimer,
Épanche la nature afin de les charmer?

Depuis le minéral aux ardeurs magnétiques,
Aux mille affinités, aux cristaux magnifiques;
Depuis la plante en fleur, en parfums, pour son fruit;
Et l'oiseau dont le chant, les ailes au doux bruit,
Les plumes, les couleurs, la mobile patrie
Sont triomphes et fête alors qu'il se marie,
Jusqu'à l'homme, à la vierge en son âge d'amour
Dont l'attrait, aussi pur, est plus beau que le jour?

II

Observez les accords d'ensemble et de partie,
Et les liens secrets de vaste sympathie.
Entre deux beaux enfants jetés de l'une à l'un
Pour accoupler ensuite à chacune chacun!

III

La femme est reine, en tout supérieure à l'homme :
Car tous nous la croyons à cet âge qu'on nomme
L'âge d'or, l'âge heureux où l'or voudrait rester ;
Qu'on aspire à saisir, à ne jamais quitter.
Age de foi, d'amour, d'idéal, d'espérance !
La femme est reine donc et par droit de naissance :
Son gosier est plus souple et plus mélodieux,
Pour élever sa voix pure et sonore aux cieux.
Son cerveau par le poids est supérieur au nôtre
Pour réfléchir sur terre, et plus tôt que tout autre,
Tous les rayons d'en haut, tous les pensers divins.
Sur lui plane toujours le vol des esprits saints.
Sa poitrine est plus forte, et plus noble et plus belle :
C'est le foyer d'amour d'où jaillit l'étincelle,
La lyre éolienne où vibrent en échos
Les brises de la terre et du ciel et des flots.
Ses formes et ses chairs, suaves, élégantes,
Effacent en reflets les étoiles tremblantes.

Leurs contours et leurs tons, sur la toile, au ciseau,
Sont le rêve de l'art et le type du beau,
Le splendide miroir d'une âme qui rayonne.
La nature à son front a jeté pour couronne
Sa riche chevelure aux ondoyants bandeaux,
Qui se relève encore en corbeille d'anneaux.
Tous ses traits sont empreints de grâces, de mystère :
Belle main, petit pied effleurant la poussière ;
Démarche vive et souple, ensemble harmonieux ;
Regard plus haut que terre et reflétant les cieux ;
Dents blanches, bouche fine et de son souffle ambrée ;
Corps blanc et délicat, âme pure, éthérée.

IV

Car la femme est surtout reine par les vertus
Qui toutes à l'envi forment ses attributs.
Par instinct et par goût elle répugne au vice,
Sourit à l'héroïsme, aspire au sacrifice.
Ange ou démon : pour elle il n'est pas de milieu ;
Tombant plus bas que boue ou planant près de Dieu.

L'homme peut quelquefois être grand dans le crime;
Mais la femme jamais : sa nature sublime
Périt au souffle impur de la corruption;
Il lui faut l'air du ciel dont elle est un rayon.
Nous aimons à prier à genoux auprès d'elle,
Dans nos rêves d'extase, à lui donner une aile;
Fiers, heureux et plus forts quand, son cœur pour appui,
Lorsque nous lui parlons, son sourire dit : oui.

V

Elle fait tout pour nous, nous faisons peu pour elle.
Elle est pour nous un but d'espérance immortelle,
De bonheur infini; nous, pour elle, un moyen
D'accomplir sa mission de dévouement sans fin.
Posséder, c'est tout l'homme, et, se donner, la femme.
Nous aimons plus des sens, elle aime plus de l'âme;
Elle est de l'avenir, nous sommes du présent;
Elle immole à l'espèce et sa chair et son sang.
L'enfant, voilà son monde, et le nôtre, nous-mêmes,
Nous en elle; et l'amour comble mal ces extrêmes.

Il fait vivre pour elle; est-il devoir plus doux?
Mais il la force à vivre et pour nous et pour tous.
Sans femmes, sans amours, que ferions-nous sur terre?
Elle, que lui ferait de rester solitaire?
Douce fille du ciel, elle ne peut périr :
Les anges aussitôt descendraient la servir.

VI

De quels charmants attraits n'est-elle point ornée,
Cette reine des cœurs, de grâces couronnée?
Le ciel semble sur elle épuiser ses trésors
Pour qu'elle les répande en bonheur, en transports,
En extase, en ivresse, au sein de son empire,
Sur les sujets aimants de son divin sourire.
Heureux ceux dont le culte adore la beauté !
Paix de l'âme et vertus, grandeurs et volupté
Seront leur moindre part dans les biens de la terre.

VII

A l'aspect de la femme, amante, reine et mère,
Le malheur de ce monde aura fui désarmé,
Ou, sous son pied vainqueur, courbé son front charmé.
Et sur la terre émue à la noble harmonie
De l'homme et de la femme en union bénie,
L'un abdiquant enfin ses pouvoirs usurpés,
L'autre cédant, d'amour, ses droits réoccupés,
L'ère du paradis, éternelle, infinie,
Redescendra du ciel où nous l'avons bannie.

MAURICE ET NÉRIE

II

L'amour est un enchanteur. Il transforme tout ce qu'il touche, et les métamorphoses de la Fable ne sont que des jeux d'enfant auprès de celles qu'il opère dans les choses et dans les êtres. Les plus étranges et les plus curieuses sont celles qu'il amène dans nos pensées et dans nos sentiments.

A peine l'amour s'est-il emparé d'un cœur, qu'il y soulève une aspiration ardente vers quelque chose plus haut que nature, qu'on ne saurait nommer ni définir, et dont pourtant on éprouve le besoin.

> Que ne puis-je, emporté sur le char de l'Aurore,
> Vague objet de mes vœux, m'élancer jusqu'à toi ?
>
> . . . .
>
> Et ce bien idéal que toute âme désire,
> Et qui n'a pas de nom au terrestre séjour.

C'est qu'en effet la fin de l'amour nous dépasse et nous survit. Il est le gage de la perpétuité de l'espèce, et, par l'enfant, un germe d'immortalité pour l'individu. Mais on ne s'en rend pas compte aussitôt, et cette réponse d'ailleurs, en élevant le problème, ne le résout point. Alors, dans l'impatience de cette énigme dont l'âme est obsédée, on ressent des élans capables, comme ceux du coursier biblique, de dévorer l'espace. On interroge les cieux, et leur vaste étendue suffit à peine à satisfaire l'immense curiosité du regard dilaté ; on s'oublie à suivre dans l'azur le cours harmonieux des étoiles ; on aime à rêver au bruit des flots, sur les bords de l'Océan, et à l'ombre des grands bois.

> Ah ! que ne suis-je assis à l'ombre des forêts !

On écoute les voix de la brise qui passe et du vent qui

gémit; on cherche à pénétrer l'âme des choses sous leurs apparences, jusqu'à ce que l'inquiétude s'apaise aux pieds d'une femme adorée, et que l'extase, déployant son vol, prenne l'essor vers l'infini.

Il semble que la femme trouve dans l'amour le dernier mot de sa vie : rien, dans la vie ordinaire, n'appelle son ambition en dehors de l'homme et de l'enfant. L'homme, au contraire, est entraîné au delà par le mouvement de sa nature. Le travail, les affaires, les sciences, les arts, la politique, sollicitent de toutes parts son activité. La famille n'est pas pour lui un centre d'attraction autour duquel il gravite, mais un simple groupe de satellites qu'il emporte dans son mouvement de translation et d'ascension vers un mystérieux avenir. — Et Nérie?... Pardon.

Maurice, qui n'était hier qu'un enfant, jouant encore aux barres et se débattant avec ses dictionnaires, est devenu tout à coup grave et recueilli. Il est empressé avec réserve auprès de sa cousine, avec laquelle il se trouvait naguère sur le pied d'une petite guerre sans trève. Celle-ci le regarde avec une curiosité mêlée d'ironie, et profite sans scrupule de ses avantages

3.

inespérés. Tous deux se posent en face l'un de l'autre en comédiens consommés, et jouent avec le feu à la barbe de leurs parents.

Heureux enfants!...

L'EXIL DU CŒUR

———

Le printemps sur la terre étale sa parure
Qu'un ciel brillant revêt des plus belles couleurs;
Tout sourit à la vie au sein de la nature,
Seul je me sens mourir dévoré de douleur !

Quand la brise du soir, sur son aile embaumée,
Caresse en le berçant le monde qui s'endort;
Quand des bois et des prés la plainte parfumée
Mêle aux soupirs du ciel son gémissant accord;

Quand l'étoile des nuits, dans le ciel solitaire,
Laisse luire en tremblant son rayon chaste et pur;
Que sous le voile frais déployé sur la terre,
L'espérance et l'amour scintillent dans l'azur;

Je relève mon front que la tristesse incline
Et j'égare mes pas dans les plaines en fleurs;
Ou bien, plus près du ciel, je vais sur la colline
Sécher à l'air ému mon œil mouillé de pleurs.

Tout respire la paix et la mélancolie,
Tout s'enivre à longs traits des douceurs du sommeil
Aux bras d'un songe d'or, et, dans l'extase, oublie
Les durs travaux du jour, au moins jusqu'au réveil.

Mais ce tableau charmant à mon âme souffrante
Rappelle tristement la tombe et son linceul;
Je voudrais étouffer la flamme dévorante
Qui consume mon cœur, en exil, toujours seul.

De mon sein fatigué l'ardente inquiétude
Ne laisse point dormir ma pensée et mes yeux;
Comme un être égaré dans cette solitude,
Je souffre sans repos si je ne suis pas deux.

Quand, de joie et de vie aimable messagère,
L'aurore de ses feux empourpre l'orient,
Et que d'un doux transport son haleine légère
Fait palpiter les fleurs sous son rayon brillant;

Quand, la reine des nuits dans l'espace éclipsée,
La terre se réveille aux baisers chauds du jour,
Comme s'épanouit la vierge fiancée
Aux sourires divins de son premier amour;

La fleur secoue au vent sur sa tige mobile
Les perles, les parfums de son calice d'or;
L'oiseau vers le soleil vole d'une aile agile,
Égayant d'un refrain son gracieux essor.

Lorsqu'avec le matin la vie à flots ruisselle,
Que tout avec délice aspire le bonheur,
J'attends en vain du ciel la divine étincelle
Qui de mon cœur éteint rallumerait l'ardeur.

Tout vibre, et, s'élançant vers l'objet qui l'attire,
A sa part de plaisir, d'amour, de liberté;
Et moi, je cherche en vain, j'appelle et je désire,
Paria dans la vie et la société.

Nul écho ne répond au cri de ma souffrance,
Nul sourire ne vient caresser mes douleurs;
Nulle voix ne me dit le mot de l'espérance;
Et je suis toujours seul, seul, seul avec mes pleurs!

Oh! pourquoi donc, mon Dieu! dans mon sein cette flamme
Qui pourrait embraser le monde en son ardeur?
Serait-ce pour souffrir que vous donnez une âme?
Pour vivre seul, mon Dieu! me fallait-il un cœur?

MAURICE ET NÉRIE

III

S'il n'est pas facile de démontrer l'infini, il n'est
rien dont le sentiment soit mieux établi dans l'âme de
tous ceux qui ont souffert et qui aiment; et, alors même
qu'on voudrait borner ici-bas notre destinée, cette foi
invincible serait encore justifiée. L'homme ne saurait
être séparé de la société ; il est tout à la fois un être
personnel et collectif. Or, c'est une loi de notre nature
que nous aspirions fatalement, comme individu et
comme espèce, au développement complet de nos facultés, à nous posséder nous-mêmes dans la plénitude

de notre force. Et personne n'oserait assigner de li-
mites à la carrière qui nous est ouverte jusqu'à ces
hauteurs sublimes où l'espérance nous précède, vers
lesquelles le progrès nous guide et où le bonheur nous
appelle. Notre activité restera toujours au-dessous de
notre ambition innée et légitime.

Mais il est plus facile, plus naturel et plus consolant
de croire à notre immortalité pure et simple. Comme
ces êtres intermédiaires, transition entre deux règnes,
moitié animaux, moitié plantes, moitié plantes et moitié pierres, que nous voyons participer à deux vies dif-
férentes, nous sentons dans notre sein fermenter le
germe d'une seconde existence dont notre pensée est
assez forte pour distinguer l'avant-goût et pour rêver
l'idéal. Si nos pieds sont enchaînés au sol, notre front
regarde les cieux et notre âme erre librement dans
l'immensité. Il y a en nous une puissance intime et
mystérieuse de personnalité souveraine, qui nous élève
au-dessus des vicissitudes de ce monde dont l'aspect est
variable et change. Elle se dégage du sein des infir-
mités, des défaillances et de la dégradation de nos or-
ganes, comme une flamme d'un foyer expirant, et elle

s'affirme encore même devant la mort dans son iden-
tité inaltérable.

Aussi le sentiment de l'exil du cœur et du vide de
l'âme est-il un sentiment commun et général qui ré-
sulte des conditions de notre nature. Il se manifeste
chez tous en face d'une déception, grande ou petite,
car, quel que soit l'objet qui l'attire, l'homme met son
âme à le désirer, à l'atteindre et à le posséder. C'est
le frisson d'impatience de notre essor arrêté vers la
réhabilitation ou le complément de notre destinée.

Maurice et Nérie s'aimaient. Un soir ils se confièrent
leur secret sous un berceau de feuillage; mais, dans
l'enivrement de leur joie, ils oublièrent les heures. On
es surprit, ainsi attardés, devisant ensemble comme
deux tourterelles, et, quelques jours plus tard, on les
sépara.

Ce fut un coup de foudre pour Maurice, dont le désespoir ne connut point de bornes. Nérie, quoiqu'une
larme eût tremblé au bord de sa paupière, se contint,
et sembla plus forte. L'homme se répand, la femme se
réserve, et, là où souvent il éclate, elle se recueille...

4

QUELLE AIMERAI-JE?

Trois anges aux yeux noirs viennent de m'apparaître.
Leur douce vision dans mon cœur a fait naître
    De ravissants transports :
Sous mes doigts agités je sens vibrer ma lyre,
Et dans mon sein ému, que le bonheur inspire,
    Un hymne aux doux accords !

Trois anges à la fois! et tels que dans mes songes,
Lorsque d'illusion et de brillants mensonges
    Je repaissais mon cœur,
J'en voyais me sourire avec leurs longues tresses,
Et, le regard chargé d'enivrantes caresses,
    M'apporter le bonheur!

Qu'ils sont beaux, quand, d'un pied que cadence la grâce,
Laissant un doux parfum s'exhaler sur sa trace
    Comme un souffle léger,
Ils passent, m'attirant au bruit de leur parole,
Comme un groupe d'oiseaux qui près de moi s'envole
    Et cherche à se poser!

Qu'ils sont beaux, déployant leur brune chevelure,
Comme un voile soyeux autour de leur ceinture,
    Et, dans l'ombre des soirs,
Secouant en rayons, sous leurs sourcils d'ébène,
Comme des éclairs chauds dans une nuit sereine,
    Le feu de leurs yeux noirs!

Comme un jeune palmier dans l'oasis s'élance,
Leur buste souple et fort avec grâce balance
    Son ravissant contour;

Et le souffle divin de leurs lèvres écloses,
Aussi frais, aussi pur que le souffle des roses,
    Parfume l'air d'amour!

On dirait trois houris du fortuné rivage
Où Mahomet du ciel évoquait le mirage
    Dans son rêve sacré ;
On dirait ces trois sœurs d'éternelle jeunesse,
Enfants de l'idéal, incarnés dans la Grèce
    Sous un souffle inspiré.

Le frôlement léger de leur robe de soie
Fait passer sur mon être un doux frisson de joie;
    Et je les suis des yeux
Longtemps, comme un rayon de ces blanches étoiles
Qui de la pâle nuit font scintiller les voiles
    En souriant aux cieux.

Quel est l'attrait divin qui vers elles m'attire?
Mon cœur, quand je les vois, s'émeut, tremble et soupire;
    Et souvent je voudrais,
Comme l'atome au ciel se perd dans la poussière,
Me perdre et me mêler dans la douce lumière
    Que réfléchit leurs traits.

                             4.

L'une voit à présent sa dix-septième année
Reverdir aux ormeaux sous lesquels elle est née,
     Sur la rive aux flots d'or
Où coula son enfance ; où, comme l'hirondelle,
Elle a, parmi ses sœurs, légère, ardente et belle,
     Pris un joyeux essor.

Elle est brune, aux tons chauds comme une Algérienne,
Faite d'air et de feu, légère, aérienne,
     Vive comme un oiseau.
Son âme d'un lac pur offre la transparence ;
Et sa coquetterie est pleine d'innocence,
     Se sourirait dans l'eau.

L'autre de vingt printemps fait son bouquet d'années.
C'est une fleur éclose au pied des Pyrénées,
     Sous leurs fraîches chaleurs,
D'un rayon de soleil à céleste étincelle,
Trempant sur ces sommets d'une neige éternelle
     Ses brûlantes couleurs.

Blanche, rose, élancée, on dirait qu'elle plie
Sous le souffle puissant de la mélancolie
     Qui berce son esprit.

C'est, dans un corps charmant, une grande pensée,
En traits frêles, mais purs, à peine encor tracée,
    Et qui rêve et sourit.

L'autre, de sa jeunesse effeuillant la couronne,
A de cet âge heureux touché presqu'à l'automne;
    Et mûrit sa beauté
Sous les reflets mourants de sa douce auréole.
C'est le type brillant de la brune Espagnole,
    L'amour dans la fierté.

Elle séduit le cœur par son luxe de vie.
Mais, quoique les amours en foule l'aient suivie,
    Nul n'a su la charmer.
Et, malgré sa tristesse ardente et solitaire,
Elle n'aimera pas peut-être sur la terre,
    Pour vouloir trop aimer.

Quand l'enfant du Berry veut avoir une épouse,
On lui fait deviner dans une ombre jalouse
    Qu'éclairent ses ardeurs,
Pour éprouver la foi de l'amour qui l'inspire,
Celle qu'il a choisie et qui vers lui soupire,
    Entre toutes ses sœurs.

S'il me fallait un jour des trois préférer l'une,
Mon âme dans ce choix n'en laisserait aucune
Sans scrupule et regret.
En appelant les trois de mon amour fidèle,
Dans mon cœur incertain je n'attendrais que célle,
Celle qui m'aimerait.

MAURICE ET NÉRIE

IV

L'idée d'un amour unique et éternel est une idée d'origine toute chrétienne, qui a régénéré le cœur de l'homme et constitué la famille, en ne faisant du père, de la mère et de l'enfant, qu'une personne collective dans la communion de la vie, du présent et de l'avenir; qui a relevé la femme et l'a rendue l'égale de l'homme en dignité et en liberté. C'est par cette idée que l'âme purifiée a senti jaillir dans son sein des sources inouïes d'enthousiasme et de poésie, et que l'amour s'est transformé. Il est presque devenu une religion de tendresse et d'ardeurs, mystérieux et saint comme un culte, sublime d'espérance, infini comme la prière, spirituel comme la foi, exalté et rêveur, presque superstitieux comme une prédestination.

> Mon cœur me l'avait dit : toute âme est sœur d'une âme,
> Dieu les créa par couple et les fit homme ou femme.
> Le monde peut un temps en vain les séparer,
> Leur destin tôt ou tard est de se rencontrer ;
> Et, quand ces sœurs du ciel ici-bas se rencontrent,
> D'invincibles instincts l'une à l'autre les montrent.
> Cette rencontre, c'est l'amour ou l'amitié :
> Seule et même union qu'un nom différent nomme,
> Suivant l'être et le sexe en qui Dieu la consomme,
> Mais qui n'est que l'éclair qui révèle à chacun
> L'être qui le complète et de deux n'en fait qu'un.
>
> *Jocelyn.*

Le caprice n'a pourtant point abdiqué tout empire. Soit inexpérience ou lassitude, soit inconstance ou indécision, on lui demande encore des satisfactions et des jouissances pour tromper certaines crises de la fièvre chronique de l'âme, que la raison ou le devoir pourrait suffire à apaiser. Transporté à Paris, où les tentations abondent et où les occasions sont faciles, Maurice en était là. — Et Nérie? Le cœur de l'homme, dans la passion, est un livre ouvert, tandis que le cœur de la femme est un livre scellé. Patience.

A NÉRIE

—

Je détache pour vous ma lyre suspendue
    Que le vent fait gémir.
C'est pour vous qu'aujourd'hui sa corde détendue
    Sous mes doigts va frémir.

Je voudrais un moment charmer votre souffrance
    Au bruit de mes accords,
Et faire en votre sein revivre l'espérance
    Par de pieux transports.

5

Je voudrais par mes vers à la strophe rêveuse
    Endormir vos douleurs,
Comme une mère endort sous la gaze soyeuse
    Son enfant et ses pleurs;

Et qu'un ange à mes chants des voûtes éternelles
    Descendît en ce jour,
Portant à votre cœur sur ses brillantes ailes
    Et la paix et l'amour !

La paix à votre esprit, qui fuit trop tôt la terre
    Pour planer dans les cieux,
Et s'agite, en montant vers la pure lumière
    D'un vol audacieux.

L'amour, rayon d'en haut, rayon de la patrie
    Sur un sol étranger,
D'espérance et de joie, au printemps de la vie,
    Céleste messager;

Oui, l'amour, pour verser à votre âme enivrée,
    L'oubli de sa douleur,
Et la faire, au parfum de sa brise éthérée,
    S'entr'ouvrir au bonheur !

Ah! cette fièvre alors, dont la brûlante haleine
      Dévore votre sang,
Rendrait à la santé son droit de souveraine
      Et son sceptre puissant.

Sous le brillant tissu de sa blanche paupière
      Que nuance l'azur,
Votre œil rayonnerait dans la douce lumière
      De son éclat si pur.

Et vos traits reprendraient leur teinte ravissante
      De lis et de carmin,
Votre bouche, pareille à la rose naissante,
      Son sourire divin.

Et vous seriez peut-être aussi bonne qu'heureuse
      Dans un moment si doux,
Et prêtant votre main à la lèvre amoureuse
      Du poëte à genoux!

MAURICE ET NÉRIE

V

Nérie semblait avoir oublié Maurice depuis son départ. Rien du moins ne paraissait changé en elle : ni sa contenance, ni son attitude, ni ses paroles ne trahissaient un regret. Quand le nom de Maurice était prononcé à table, dans la conversation, elle faisait à son sujet ces questions banales qui, loin de supposer l'amour, témoignent de plus d'indifférence qu'un silence absolu. Seulement sa physionomie avait pris une teinte plus grave et sa petite lampe veillait plus longtemps, le soir, derrière ses rideaux fermés. Ses parents

5.

se félicitaient de leur résolution, et supposaient, avec l'imprévoyance naturelle des familles, qui prêtent des idées aux enfants ᵢ   deviner et d'étudier les leurs, que Nérie avait renoncé à Maurice. Ils n'avaient jamais pensé eux-mêmes à lui faire épouser leur fille unique. Ils avaient formé pour elle des projets plus ambitieux.

Bientôt, cependant, Nérie perdit l'appétit, et ses yeux cernés révélèrent des nuits agitées et sans sommeil. En six mois ses forces s'étaient épuisées à traîner le fardeau de la pensée qui l'accablait; elle était malade sans souffrir, et le médecin, appelé, ne put conseiller que des distractions. Maurice revint.

Les deux enfants se regardèrent une seconde fois et s'aimèrent de nouveau. Maurice comprit que sous l'enjouement et la froideur calculés de sa compagne se cachait un attachement sincère et profond qui datait du premier jour. Nérie, de son côté, sentit que Maurice avait songé à l'oublier et qu'il y aurait réussi. Ce fut une impression pénible que l'enthousiasme rallumé du jeune homme ne devait dissiper qu'avec peine.

PRÉMICES DE L'AMOUR

I

Il n'est rien ici-bas qui n'ait quelque douceur,
Et le ciel donne même une joie au malheur.
Mais il répand toujours ses plus pures délices,
Ses plus riches faveurs, en tout, sur les prémices.

Aussi les offrait-on, comme un bien précieux,
Comme un présent d'hommage, en sacrifice aux dieux

Le jour est doux et beau, plus charmante est l'aurore ;
L'été plaît et ravit, le printemps plus encore ;
Le soir du crépuscule est plus doux que la nuit,
Et la fleur, au regard, plus belle que son fruit.
Les prémices au cœur donnent la jouissance,
Et de nos rêves d'or caressent les désirs,
De la réalité nous versent les plaisirs,
Et de notre idéal nourrissent l'espérance.
Comme ces fruits divins, au suc délicieux,
Qui parfument le goût de leur saveur ambrée,
Et prêtent à l'esprit des ailes pour les cieux,
Le sommeil et l'extase à notre âme enivrée.
Filles du ciel, leur dot est un double bonheur;
Mais les plus douces sont les prémices du cœur.

II

Premier sourire
Que l'âme inspire,
Pur et sans art;
Premier regard
Sur toutes choses;
Larmes écloses
Du cœur aux yeux;
Rêve et mirage,
Comme un nuage
Flottant aux cieux;
Ardeurs secrètes,
Voix inquiètes,
Désirs sans fin
Gonflant le sein;
Douce souffrance,
Folle espérance,
Divins transports;
Charmante ivresse,

Flots de tendresse,
Brûlants essors ;
Aile magique,
Vol féérique
Vers la beauté,
La volupté ;
Douces chimères,
Fleurs éphémères
Des passions ;
Brillante troupe,
Aimable groupe
D'illusions ;
Questions naïves,
Rougeurs craintives,
Pressentiments ;
Clartés sereines,
Flammes soudaines,
Besoins aimants.

Rencontre aimée,
Douce amitié ;
Ame charmée
Par sa moitié ;
Petits mystères,
Petites guerres.

Ruses et jeu;
Agaceries,
Coquetteries,
Et tendre aveu;
Incertitudes,
Inquiétudes,
Frisson léger;
Chastes caresses,
Douces promesses
Dans un baiser;
Pleurs, rêveries,
Et causeries
En cœur à cœur;
Élans intimes,
Et riens sublimes
Pleins de douceur;
Doux témoignages,
Suaves gages,
Aimables dons;
Divins sourires,
Sages délires,
Purs abandons;
Vie éthérée,
Soif enivrée;
Ciel des amours,

> Riant toujours,
> Profond, sans voiles,
> Semé d'étoiles ;
> Attraction,
> Paix, harmonies,
> Heures bénies,
> Communion.

Le chemin de l'amour est un chemin de roses
Qu'une brise éternelle embaume à peine écloses ;
Où la nature, à flots, épanche ses trésors ;
Où des cieux constellés Dieu répand les accords ;
Où l'ange du bonheur nous guide et nous anime :
C'est que son but est grand, difficile et sublime !
Heureux qui le comprend, heureux qui sait pouvoir,
En goûtant le plaisir, accomplir le devoir !

MAURICE ET NÉRIE

VI

L'amour eut bientôt rendu à Nérie sa force et sa fraîcheur. Ses rayons naissants, en pénétrant sa beauté, la firent éclore comme une fleur s'épanouit au réveil du jour, pleine de grâce et d'éclat. Suspendue au bras de Maurice, pendant de longues promenades que la condescendance des parents ne surveillait que de loin, son intelligence s'ouvrait avec la sienne sur les horizons d'un monde nouveau et d'un avenir charmant; leur âme aspirait avec délices les douces influences de la nature qui se révélaient à eux; leurs lèvres balbutiaient, comme l'oiseau s'essaye à chanter, cette langue enchanteresse dont le mot unique : je t'aime! fait vibrer toutes les notes harmoniques de l'infini, et en illumine l'intuition dans le regard, dans le geste et dans la voix, comme un éclair entr'ouvre les profondeurs des cieux. Tout était joie et lumière autour d'eux, leur vie ressemblait à un rêve d'or, réalisé à plaisir. Il est des moments heureux pour l'âme comme la nature, où l'on semble respirer la paix anticipée et la sérénité éternelle de l'ordre.

Laissons nos deux amants savourer en paix leur quart d'heure béni pendant que l'épreuve frappe à la porte.

PREMIER BAISER

I

C'était l'heure où du soir l'ombre mystérieuse
Voile de son linceul le jour mourant aux cieux.
Comme un ange de paix, au vol silencieux,
Dans les airs transparents la nuit blanche et rêveuse

Déployait sous l'azur son brillant pavillon.
Le soleil, immobile au bout de sa carrière,
De ses torrents de feux embrasait l'horizon.
Comme un gladiateur couché dans la poussière,
Secouant sur les flots sa chevelure d'or,
Aux mortels étonnés il souriait encor;
Et, creusant son tombeau dans les plaines des ondes,
D'un splendide regard mesurait les deux mondes.
La nature était calme, et dans l'immensité
S'endormait par degrés, pensive et recueillie,
Comme après une fête une jeune beauté
Qui rêve de tendresse et de mélancolie.

II

J'entrai d'un pas furtif dans le séjour charmant
Dont l'ange parmi nous a fait son sanctuaire,
Et sur le seuil duquel se prosterne l'amant
Pour chercher de ses pas une trace légère.
Asile bien-aimé que sa vie embellit,
Qui brille des rayons que son regard reflète,

Et que d'un doux parfum son haleine remplit,
Comme au pied de l'autel l'ardente cassolette !
Là, sa voix retentit en suaves échos,
Aux chants intérieurs de sa chaste pensée;
Comme une harpe vibre et chante sur les flots,
Par la brise du soir mollement cadencée.
Là, palpitent dans l'air ces émanations
Qui, foudroyant le cœur dans leur vol magnétique,
Font courir sur les sens de suaves frissons,
Et versent de l'amour la langueur extatique.

III

Assise, elle appuyait, pour voir tomber le jour,
Au parapet sculpté de sa fenêtre ouverte,
Le galbe gracieux de son bras sans atour.
Son regard, dans la rue assombrie et déserte,
Épiait doucement les pas de son ami.
Et son cœur qui battait sous sa robe de soie,
Sa tête sur sa main inclinée à demi,
Et sur ses traits rêveurs un sourire de joie

6.

Révélaient aux regards que son âme attendait.

D'un diadème d'or les rayons de la lune,

Sous le rideau jaloux qui nous la dérobait,

Couronnaient sur son front sa chevelure brune.

Ému, silencieux, j'adorais sa beauté ;

Dans mon cœur embrasé d'une céleste flamme,

Je me sentais navré de douce volupté ;

Car de ce corps charmant moi je possédais l'âme.

IV

Comme une double source au flanc d'un seul rocher,

Dont les eaux vont s'unir dans un bassin d'eau pure,

Sur nos lèvres nos cœurs montés, pour s'épancher,

Ensemble se mêlaient avec un doux murmure.

Et d'abord, emportés par le même courant,

Remontaient un passé de regrets et de larmes ;

Puis, dans leur cours heureux, oubliaient le présent,

Pour parcourir déjà l'avenir plein de charmes.

Mais bientôt à ses pieds, et les yeux sur ses yeux,

Pour suivre de mon sein la chaste rêverie,

J'écoutais de sa voix le chant mélodieux

Qui versait la fraîcheur dans mon âme attendrie,
Comme les pleurs des nuits sur un long jour d'été.
Ses paroles vibraient sur leur timbre sonore,
Comme les échos purs et le son argenté
D'un collier qu'on égrène au réveil de l'aurore.
Et je les recueillais en de pieux transports ;
Je me laissais bercer par leurs notes touchantes.
Ainsi le rossignol berce de ses accords
Le printemps, sa patrie, et ses amours naissantes.
Elle avait ses élans dans l'intonation,
Et sa variété de tons quand il prélude ;
Et la même douceur de modulation,
Et sa facilité, sa grâce sans étude,
A scander, dans l'essor d'un vol harmonieux,
De l'amour et du cœur les gammes infinies...
On eût dit un écho de ces lyres des cieux
Dont le souffle de Dieu court les cordes bénies.

V

Dans l'espace infini les mondes suspendus
En traits de feu déjà marquaient l'heure avancée,

Et de leur ciel d'amour, à nos cœurs éperdus,
Il fallait retomber sur la terre glacée !
Des moments aussi purs devraient durer toujours ;
Quand on s'aime, la mort vaudrait mieux que l'absence.
L'absence est le calvaire où meurent les amours,
Et la joie avec eux et la douce espérance.
Sa main sur mon épaule à demi se posait
Pour soutenir le poids de sa tête charmante,
Et son buste divin, que mon bras enlaçait,
Faisait battre mon cœur dans ma poitrine aimante.
Entre souris et pleurs, nous nous disions : Adieu !...
Tous les grands sentiments qui touchent l'âme humaine
N'ont qu'un mot pour le rendre, et ce seul mot, c'est Dieu !
Nom chéri de l'amour, dans sa joie ou sa peine.
Sur notre bouche éclos, au souffle ardent du cœur,
Ce mot vibrait encor comme un chant d'espérance,
Quand tout à coup ses traits, pâlis par la douleur,
A mes yeux étonnés voilent une souffrance ;
Et je vois sous ses cils une larme perler.
Comme un feuillage ému que caresse la brise,
Sa voix, tremblant d'abord, murmure sans parler ;
Et puis dans un soupir me demande, ô surprise !
« Si vous ne m'aimiez pas, moi qui suis toute à vous ?
« M'aimez-vous ?... pardonnez ! Dites ? je doute encore.
« — Ah ! pourquoi, m'écriai-je en tombant à genoux,

« Pourquoi ce doute affreux dans celle que j'adore ? »
Je la vis palpiter d'un chaste et doux effroi !
Puis de rayons divins ses beaux traits ruisselèrent.
Sous mon regard brûlant, elle pencha vers moi :
Dans un baiser d'amour deux âmes se mêlèrent.

VI

Je revins emportant le bonheur dans mon sein.
En mon cœur, inondé de paix et d'harmonie,
Je savourais du ciel les délices sans fin ;
Mon sommeil fut bercé d'une extase infinie !

VII

O douce fusion de deux cœurs enflammés !
Chaste communion, suave confidence
De deux souffles d'amour l'un par l'autre embaumés !

Ineffables ardeurs et céleste innocence,
Transports délicieux, torrents de voluptés!
Rêve et pleurs, douce ivresse, harmonieux délire!
Enthousiasme ardent, hymne des facultés!
Comment chanter l'amour, poëte, sur ta lyre?
Gloire, puissance, honneurs, près de lui ne sont rien.
De tous les biens du monde, il est le plus doux bien!
Sans l'amour, la science est un froid dur et sombre;
Tous les autres plaisirs s'éclipsent comme une ombre.

Heureux qui sait trouver et conserve en son cœur
Ce trésor précieux pour son âme ravie.
Il peut, il peut mourir, il connaît le bonheur;
Il peut, il peut mourir en bénissant la vie.

MAURICE ET NÉRIE

VII

Si l'amour n'est que charme et douceur, le mariage, qui en est la fin légitime et le couronnement naturel, est une chose sévère. C'est ce que les uns ne comprennent pas assez, et ce que les autres comprennent trop. Ivres d'espérances, les jeunes cœurs se laissent dominer par l'attrait, tandis que ceux que l'expérience éclaire ne considèrent, avec un juste effroi, que les obligations. Entre la foi présomptueuse et l'inquiétude exagérée, il est bon de faire la part de la Providence.

Maurice était sans fortune, ou plutôt il n'avait pour tout bien que son esprit et son cœur : son esprit, distingué, supérieur même, dont le premier besoin était le travail ; son cœur, noble et bon, plein d'élans pour les grandes choses, d'enthousiasme pour les chercher et les applaudir, d'inspiration et de bon vouloir pour les trouver et les accomplir. Mais ce sont là des ressources qui sont loin de pourvoir aux nécessités de la vie aussi bien que vingt-cinq mille livres de rentes, et qui en rendent même souvent l'entretien plus difficile.

Le mariage de nos deux amants fut néanmoins conclu. La gracieuse cérémonie des fiançailles eut lieu avec une certaine solennité. Mais il fallait se faire une position. C'était le désir secret de Nérie, qui ne se sentait point assez riche pour deux ; c'était l'ambition ardente de Maurice et la volonté des parents. Les adieux furent sincèrement émus. Aucun nuage ne les attrista de son ombre ; aucun pressentiment n'y mêla d'amertume.

Il y avait tant de confiance naïve dans le cœur de Maurice, tant d'assurance brillait dans son regard humide, qu'il n'y eut pas même un frisson d'inquiétude.

Le premier baiser fut donné et rendu dans un ravis-
sement d'illusion dont personne n'osa se défendre.
Deux jours après, Nérie était assise seule, sous la charmille peuplée de souvenirs et de rêves, regardant, à
la nuit naissante, une étoile solitaire à l'horizon; et
lui était installé à Paris, dans ce foyer où aspirent à
éclore toutes les vocations d'élite, comme les plantes
aspirent au soleil.

AU BAS DE SON PORTRAIT

———

O toi que j'ai reçu, dans un transport d'ivresse,
D'une main qui tremblait sous son gant parfumé,
Douce image de sœur, et gage de tendresse
     D'un ange bien-aimé !

Toi qui rends à mes yeux, dans sa beauté charmante,
Celle qui la première a fait battre mon cœur,
Dont l'apparition fut pour mon âme aimante
     Une ère de bonheur !

Son souvenir, toujours présent à ma pensée,
Répandait dans mon cœur l'espérance et l'amour;
Sa vision brillait, en traits de feu tracée,
    Comme le premier jour !

Elle se reflétait dans la nature entière.
Je n'avais pas besoin qu'un métal préparé
Reproduisît, frappé par sa douce lumière,
    Son visage adoré.

Son doux regard pour moi rayonnait dans l'étoile
Qui, rêveuse, le soir, scintille à l'orient,
Et belle dans l'azur, comme derrière un voile,
    M'effleure en souriant.

Lorsque dans le buisson je voyais quelques roses
S'entr'ouvrir au rayon qui vient les caresser,
Je sentais sur mon front, de ses lèvres écloses,
    S'échapper un baiser.

La nuit me rappelait sa tristesse sereine;
Le jour réfléchissait ses brillantes couleurs;
Et la brise du soir m'apportait son haleine
    En courant sur les fleurs,

Quels transports cependant, quelle vive allégresse,
Quand tu me fus donnée a fait vibrer mon cœur !
Quels pleurs délicieux et quelle douce ivresse !
    Quel moment de bonheur !

L'amour t'embellissait, dans mon âme charmée,
Comme un portrait divin qu'eût choisi Raphaël
Pour incarner aux yeux sa vierge bien-aimée,
    Quand il rêvait du ciel.

Mais l'oiseau dans les airs, au réveil de l'aurore,
A bien souvent chanté son hymne au dieu du jour,
Depuis que sur mon cœur, où je la presse encore,
    Je l'ai scellée avec amour.

Et plus je la contemple, et plus je trouve belle
Cette image de sœur qui toujours me sourit.
Chaque instant, à mes yeux, une grâce nouvelle
    Captive mon esprit.

Sa chevelure est blonde, et ses ondes soyeuses
Se roulent sur sa tête en flexibles anneaux,
En épanchant encor sur ses tempes rêveuses
    Leurs grappes et leurs flots.

Son front droit et saillant domine sa paupière;
La pensée y frémit sous l'épiderme fin,
Comme dans son portique, au seuil de la prière,
    Vibre l'hymne divin.

Ses sourcils gracieux, comme deux arcs d'ébène,
Relèvent de ce front l'éclatante blancheur;
Et déploient sur ses yeux leur frange aérienne,
    Comme un charme rêveur.

De quels éclairs brûlants son beau regard ruisselle,
Lorsqu'il entr'ouvre au jour ses deux voiles soyeux,
Comme un oiseau dormant qui soulève son aile
    Pour s'envoler aux cieux!

Son nez a la saillie et le profil antiques,
Mais fléchit en arceaux mollement surbaissés;
Et l'on sent palpiter les muscles socratiques
    Sur les bords évasés.

Ses dents, comme des lis humides de rosée,
Perles à l'émail pur, enchâssé de grenat,
Rehaussent de son teint, dans sa bouche rosée,
    Le suave incarnat.

Son menton aux deux parts, en fossettes creusées,
Achève de ses traits les gracieux contours ;
On dirait une pêche aux couleurs irisées
    Étalant son velours.

Un joli cou de cygne élève cette tête.
Mais sur sa blanche épaule elle tombe à demi,
Comme on voit s'incliner celle de la fauvette,
    Quand le soir a gémi.

Son buste modelé, type de statuaire,
Se rattache avec grâce aux courbes de son flanc :
Ainsi l'urne d'albâtre, au pied du sanctuaire,
    Surmonte un socle blanc.

Et l'on sent sous leurs plis les sources virginales
D'où doit jaillir la vie au souffle de l'amour
S'enfler, comme, sur mer, deux voiles matinales
    Au réveil d'un beau jour.

Tout en elle est caresse, attrait, charme, mystère,
Doux parfum d'innocence, éclair de volupté.
C'est un ange exilé qui réfléchit sur terre
    L'idéale beauté.

Tout en elle est divin, transparence de l'âme
Qui plane sur ce corps et s'élève vers Dieu;
Comme au foyer du temple une brillante flamme
Se détache du feu.

Voilà pourquoi mon cœur admire, admire encore,
Et d'un culte d'amour entoure ce portrait,
Où le temps me révèle en celle que j'adore,
Chaque jour, un attrait.

Voilà pourquoi mes yeux la contemplent sans cesse,
Comme le prisonnier contemple un doux rayon
Qui, détaché du ciel pour charmer sa tristesse,
Visite sa prison.

Il ne me quitte point; cependant je désire:
Précieux talisman, il protège mes pas;
Il me sourit toujours!.. et mon âme soupire :
Il ne me parle pas!...

MAURICE ET NÉRIE

VIII

La première année du séjour de Maurice à Paris ne fut qu'un long accès de fièvre. Il aimait l'espace, le mouvement et la vie; il lui sembla qu'il respirait pour la première fois dans son élément. Mais, orphelin, il ne tarda pas à être isolé.

Il s'était d'abord adressé à quelques personnes, dont il se croyait rapproché par des lettres de recommandation. Il n'en reçut que ces marques de politesse banale qui coupe court à toute intimité, et il n'eut plus que le hasard et son initiative pour se créer des relations.

Plein d'ardeur généreuse et de foi naïve, il se dirigea d'instinct vers tous les grands foyers d'action qui rayonnent de Paris sur la France et sur le monde. Il chercha à visiter tous les noms célèbres dont il portait le culte dans son cœur, et qui lui semblaient un drapeau dans la politique ou l'administration, dans les affaires ou dans les lettres. Il alla chez les grands éditeurs avec des manuscrits en prose et en vers. Pauvre jeune homme! Il se présenta dans les bureaux de rédaction des principaux journaux avec des articles. Hélas!... Partout, il est vrai, sa bienvenue lui souriait comme un rayon de soleil. Ses manières distinguées, ses traits réguliers et fins, l'éclat humide de ses yeux noirs, qui se réflétait en gracieuse auréole sur sa physionomie, sa voix harmonieuse et douce, sa désinvolture aisée, sa conversation spirituelle, lui obtenaient un excellent accueil. Les gens sérieux se sentaient même de l'attrait pour cette jeune intelligence, qui, sans effort, s'élevait jusqu'à eux et les comprenait, qui se nourrissait de leurs idées et se mouvait dans la même atmosphère. On lui souhaitait le succès, on l'engageait même à revenir, mais on l'oubliait. Il marcha ainsi d'illusions en espérances, et d'espérances en déceptions, cherchant toujours l'occasion sans la rencontrer.

Aucun dévouement ne l'adopta, aucune sollicitude ne le comprit ou ne le dirigea, pas un protecteur ne lui tendit une main généreuse. Faute d'appui, aucune des carrières rêvées par sa jeune ambition ne s'ouvrit devant lui. Il échoua même dans un emploi subalterne, où ses qualités ne pouvaient se faire jour et où ses défauts étaient seuls en vue. Offusqués de sa supériorité, ses collègues eurent bientôt tourné, sans qu'il en soupçonnât rien, son indépendance en prétention et sa sincérité en bouderie frondeuse. Et, comme il était plus persévérant qu'adroit, plus résigné qu'audacieux; comme tout son génie d'intrigue se composait de bon vouloir et d'aptitude sans expérience, il resta à l'écart, gravitant dans le vide et attendant son heure, sans que rien lui indiquât qu'elle sonnerait un jour. Il ne réussit même pas à trouver des camarades qui l'eussent

distrait ou encouragé. Son caractère sérieux, sa ti-
midité fière, son existence déclassée, interrompaient
toutes les liaisons que son cœur aimant aurait voulu
nouer.

Ainsi refoulée au dehors, son activité éclatait en
orages intérieurs. Souvent il restait des jours entiers
enseveli dans ses pensées, ne se levant que pour noter
d'une main fiévreuse quelques inspirations obstinées;
ou bien, ses cheveux noirs au vent, penché à sa fenêtre, il dévorait du regard l'immensité des cieux dans
une vague attente. Quelquefois il allait s'asseoir dans
un coin désert des Champs-Élysées, à l'heure où les
équipages reviennent du bois; ou il errait le soir dans
les quartiers somptueux. Dans chaque calèche qui pas-
sait, derrière chaque fenêtre dorée et inondée de lumière, son imagination malade lui faisait entrevoir un
rêve de fortune et de bonheur qui lui souriait et qui
semblait l'appeler. Il voulait s'élancer pour le saisir,
mais une main invisible le repoussait, il se sentait
frappé au cœur d'une pointe de glaive qui le forçait à
reculer. Comme Adam aux portes interdites de l'Éden,
comme le paria de l'Inde, une voix s'élevait dans la

bouche d'un spectre, qui lui criait : Jamais! ce supplice des damnés. Il ne retrouvait un peu de repos
que lorsque, assis en face du portrait de Néric, il
écrivait à sa fiancée bien-aimée.

PREMIÈRES LARMES

I

Sous le berceau charmant d'un bosquet solitaire,
Dont la brise agitait le feüillage naissant,
Dans la douce fraîcheur de l'ombre tutélaire,
Nous avions égaré notre rêve innocent.

Aux palpitations de l'étoile endormie,
Sous le dôme brillant de l'espace éthéré,
Aux silences rêveurs, à la lumière amie
De l'astre des amants, sous son voile azuré,
Nous nous étions promis une amour éternelle.

« Tant qu'au printemps, me disait-elle,
« Le vent du soir, comme un regret,
« Soupirera dans le bosquet ;
« Tant que l'oiseau dans le feuillage,
« Écho de plaisir et d'amour,
« Enchantera de son ramage
« L'hymne de la nuit et du jour ;
« Ainsi qu'au chêne le lierre,
« Mon cœur s'attache à votre cœur,
« Votre bonheur est mon bonheur. »

A ces accents brûlants d'amour et de prière
Je répondais ému d'une semblable ardeur :
« Comme l'œil aime la lumière,
« L'esprit la vérité,
« Et le cœur la beauté ;
« Tant que les cieux souriront à la terre,
« Et que la terre admirera les cieux,

« J'aimerai l'ange aux traits de femme,

    « Au front gracieux,

    « Aux regards de flamme,

    « Au charme divin,

    « Que sur mon chemin

« Le ciel plaça pour embellir ma vie,

« Et de l'exil, à mon âme ravie,

    « Adoucir la rigueur

« Par son esprit, ses grâces, sa douceur. »

Sa tête sur mon sein reposait recueillie,

Comme pour aspirer mes paroles d'amour;

Et de ma bouche au ciel, son regard, tour à tour,

Était plein de tendresse et de mélancolie.

Pour soutenir le poids de son corps incliné,

De mon bras j'enlaçais sa taille ravissante;

Tandis qu'en ses cheveux, sur son cou satiné,

Je laissais s'égarer une main caressante.

Nos voix à l'unisson, faible écho de nos cœurs,

Sous les cieux constellés, dans la nature en fleurs,

Essayaient à l'envi, dans un pieux délire,

Un long hymne d'amour trop brûlant pour ma lyre;

Un hymne d'un seul mot, ineffable et béni,

Mais que Dieu seul dit bien, car il est infini.

« Aimons-nous, aimons-nous, car l'amour est la vie,
      « L'amour est le bonheur.
« Aimons-nous, aimons-nous, dans l'union ravie
      « De l'esprit et du cœur.

« Comme ces deux rayons dont la blanche lumière
« Se tamise à nos pieds en brillante poussière,
      « Sous le feuillage à jour;
« Comme deux flots mêlés roulant sur le rivage,
      « Soyons un dans l'amour. »

Et la brise du soir emportait sur ses ailes,
Pour les faire vibrer aux lyres éternelles,
Ces deux mots dont au loin, dans leurs divins transports,
Et la terre et les airs prolongeaient les accords.

« Aimons-nous, aimons-nous, car l'amour est la vie,
      « L'amour est le bonheur.
« Aimons-nous, aimons-nous, dans l'union ravie
      « De l'esprit et du cœur. »

Pourquoi dans ce moment nos âmes embrasées,
Secouant le fardeau de leurs chaînes brisées,
Vers un monde meilleur, pour s'aimer plus encor,

Sur leurs ailes de feu n'ont-elles pris l'essor;
Et poursuivi sans fin, dans la sublime sphère,
Leur beau rêve d'amour commencé sur la terre?

II

Mais déjà, dans leur vol trop rapide, les jours
Avaient vu s'éclipser et reluire en leurs cours
De l'astre de la nuit le front mélancolique,
Et de mes vœux déçus la brûlante supplique
De ma reine d'amour ne touchait plus le cœur.
Plus de sourire aimant sur sa lèvre vermeille;
Sa douce voix d'oiseau ne charmait plus l'oreille.
Son regard ruisselant d'éclat et de chaleur
Ne faisait plus s'ouvrir sa paupière rosée.
Des beaux jours écoulés oubliant la douceur,
Il me semblait sentir, dans mon âme brisée,
Comme une main de fer étouffer mon bonheur.
En vain je l'appelais, dans sa fuite légère,
Par les noms les plus doux. Elle n'écoutait pas,
Et je baisais en vain la trace de ses pas.

Je sentais sur mon front passer dans l'atmosphère,
Comme un souffle de mort, l'air qu'elle respirait.
Ma vie, en pleurs glacés, de mon cœur remontait
A mes yeux obscurcis que voilait l'agonie.
Que ne m'immolait-elle ! Ah ! je l'aurais bénie...
Mais pourquoi dans mes chants parler de ces douleurs,
Dont le seul souvenir m'arrache encor des pleurs ?
Laisse, laisse en mon cœur dormir cette souffrance,
    Chantons, ma lyre, l'espérance !

L'ange me délaissait pour le séjour des cieux.
Mais l'amour l'en ravit sur ses ailes de flamme,
Et me rendant enfin sa pensée et son âme,
Nous reprîmes le cours de notre vie à deux.
Quels plaisirs, quels transports ! oh ! quel bonheur suprême
Lorsque dans un sourire elle me dit : Je t'aime !
Et, vaincue, appuya sa tête sur mon cœur.
Les larmes de l'amour ne sont pas sans douceur.

Ainsi fait le soleil, amant de la nature,
En se voilant parfois sous la nuée obscure.
Nous ne vivons pas moins du bienfaisant rayon
Que de son sein brûlant il verse à l'horizon.
Et, pour nous consoler de l'orage funeste,
Nous n'avons qu'à penser : il passe, et le ciel reste.

Et nous le contemplons le soir, avec bonheur,

Lorsque ses franges d'or brillent, aux cieux roulées,

Des charmantes lueurs qu'il nous avait voilées.

Les larmes de l'amour ne sont pas sans douceur.

MAURICE ET NÉRIE

IX

L'âme de Maurice, troublée par le tourment de l'impuissance et par la mélancolie de l'isolement, se renouvelait et se retrempait dans cette correspondance. Elle y épanchait à flots tous ses trésors de jeunesse, de larmes et de flammes, de tendresses et de poésie; elle s'y répandait en transports et en extases; elle y éclatait en images et en harmonies de pensées et de style. Ses lettres étaient l'hymne de la passion contenue, ardente mais chaste, plus intellectuelle et plus idéale que sensuelle, et pure dans sa volupté comme le rêve d'un ange exilé qui cherche à retrouver le ciel dans l'amour. Elles eussent remué vingt cœurs de femme palpitant dans une même poitrine. On eût dit une page étincelante dérobée à un roman de lumière et de feu. Elles n'étaient que la peinture animée, l'expression fidèle, la naïve effusion de sentiments vrais.

Nérie, simple et calme, presque froide quoique vivement attachée, mais plus susceptible de raison que d'enthousiasme, fut comme étourdie d'abord par ce mouvement lyrique qui l'emportait loin de la terre, vers les régions supérieures. Ce ne fut que peu à peu qu'elle subit le charme de ces accents étranges et inconnus, et qu'elle sentit se dégager en elle le sens divin de l'idéal. Alors l'ivresse la gagna; elle suivit son amant d'aussi près que ses ailes naissantes le lui permirent : elle répondit. Maurice fut ravi. Il avait assez de poésie pour deux dans le cœur, et il se complaisait à prêter à sa fiancée ses propres élans et ses délicatesses. Le style de Nérie produisait, d'ailleurs, la même illusion que sa gracieuse physionomie. Il semblait promettre, dans son aimable réserve et dans son tour rêveur, quelque chose de plus qu'il ne disait; un der-

nier mot d'un attrait infini. Tout eût été au mieux, si
une question terrible ne se fût glissée quelquefois entre
eux : Et votre position?

Ce qu'on appelle une position n'est pas chose aussi
simple que l'on croit. C'est pour l'ordinaire une manière d'être, un état, où l'homme, sûr de sa voie et
maître de soi, peut suffire aux nécessités de la vie
pour lui et pour les siens, par sa fortune ou par les
ressources de son travail et de son industrie, suivant
la condition sociale où le sort l'a placé. Quelquefois
aussi c'est le point culminant, l'apogée que l'on
s'est senti sollicité à atteindre dans une carrière,
soit d'instinct, soit par goût ou par ambition, que l'on
atteint en effet, et où l'on peut développer et posséder
son existence dans sa plénitude. Maurice n'était ni
dans l'un ni dans l'autre de ces deux cas, et il ne pouvait pas y être. On ne moissonne qu'en plein été, on
ne vendange qu'en automne. On n'arrive à une position, même avec du bonheur, qu'à l'âge mûr et après
y avoir travaillé les deux tiers au moins de cette féconde jeunesse qui s'étend de vingt à quarante ans.
On ne saurait d'ailleurs la faire reconnaître et accepter

9

sans un esprit formé et une raison assise que l'on n'acquiert bien qu'à cet âge-là. Maurice ne pouvait donc répondre que d'une manière évasive en assurant de ses efforts, en persuadant ses espérances, en déplorant ses mécomptes. Mais Nérie ne l'entendait point ainsi et concevait de l'ombrage. Tantôt elle critiquait l'ambition de son amant, dont pourtant elle était flattée au fond, puisque cette ambition se rapportait à elle, et elle n'en présageait rien de bon... Tantôt elle accusait son caractère : « Les poëtes, disait-elle, parlent mieux qu'ils ne savent agir. » Elle en vint enfin à faire de ce retard un tort d'affection, une faute de cœur. Le différend prit alors de l'aigreur et de l'amertume : elle cessa d'écrire.

MOUVEMENTS DIVERS

I

———

Pourquoi douter, enfant, de ma tendresse,
Pourquoi douter de mon amour pour toi,
Quand je songeais dans une douce ivresse,
Belle incrédule, à vivre sous ta loi ?

Quand dans mon cœur je pense à toi sans cesse,
Quand je voudrais te fixer près de moi,
Pourquoi douter, enfant, de ma tendresse,
Pourquoi douter de mon amour pour-toi ?

Quand de tes pas le bruit et la vitesse
Dans la maison, met mon cœur en émoi,
Pourquoi douter, enfant, de ma tendresse,
Pourquoi douter de mon amour pour toi?

Quand de tes yeux la brûlante caresse
Fait sur mon corps courir un chaste effroi,
Pourquoi douter, enfant, de ma tendresse,
Pourquoi douter de mon amour pour toi?

Quand mon amour se change en allégresse,
Si tu souris en passant près de moi,
Pourquoi douter, enfant, de ma tendresse,
Pourquoi douter de mon amour pour toi?

Quand ton image en mes nuits me caresse,
Quand tout le jour tu marches près de moi,
Pourquoi douter, enfant, de ma tendresse,
Pourquoi douter de mon amour pour toi?

Quand ton amour de ma triste jeunesse
Serait, hélas! la seule fleur pour moi,
Pourquoi douter, enfant, de ma tendresse,
Pourquoi douter de mon amour pour toi?

Pourquoi douter? le doute est la tristesse ;
Pourquoi douter quand j'ai donné ma foi ?
Pourquoi douter, enfant, de ma tendresse,
Pourquoi douter de mon amour pour toi ?

———

Enfant, pour alléger ma cruelle souffrance,
Pour me rendre à la vie, à l'amour, au bonheur,
Dites-moi, mon enfant, un doux mot d'espérance,
A toujours, à jamais, donnez-moi votre cœur !

Si vous saviez, enfant, quelles larmes je pleure !
Que je vous aime autant que l'on puisse aimer Dieu ;
Il serait caressant, ce regard qui m'effleure ;
Pourtant d'amour, enfant, vous m'aimeriez un peu.

Ah ! ne rejetez pas mon ardente prière,
Soyez clémente et bonne, ayez pitié de moi ;
Sans vous pour moi la vie est cruelle, est amère,
Et j'aime mieux mourir que d'être loin de toi.

9.

MAURICE ET NÉRIE

X

Il règne encore, en province, bien des préjugés sur Paris. Beaucoup de personnes s'imaginent, parce que tout mouvement et toute initiative partent de là et vont répandre la vie jusqu'aux extrémités les plus reculées, que Paris est un Eldorado où, si tous les pavés ne sont pas d'or, il suffit de débarquer et de se présenter pour prendre rang aussitôt dans les affaires, dans le commerce ou dans l'industrie, dans les arts et les lettres, et réussir. Sans doute les carrières sont ouvertes et les voies sont frayées à Paris, plus qu'ailleurs, vers tous les sommets de la gloire, du mérite et de la fortune. Mais, comme elles sont rudes et longues à monter, âpres à gravir, hérissées d'obstacles, semées de déceptions et de difficultés; comme elles sont environnées de tous côtés de précipices et de périls! Quelques-uns sont persuadés, au contraire, que Paris n'est qu'un gouffre, une Babylone moderne, où l'on ne peut entrer sans courir à sa perte. Le plaisir vous y emporte comme un tourbillon, à chaque coin de rue; le désordre en est l'élément, et il souffle de toutes parts un vent de folie qui soulève des tempêtes, où viennent sombrer contre mille écueils les principes de morale, la fortune et l'honneur; tandis que nulle part la vie n'est plus sévère et l'existence plus laborieuse, le sentiment du devoir plus commun, l'ordre plus dominant et l'oisiveté plus impossible. Il n'y a que les étrangers qui s'abandonnent et soient prodigues à Paris; il n'y a que la population flottante qui s'amuse, et quelques étourdis qui se ruinent en fêtes et en excès. Même dans les positions les plus élevées, on est occupé, et l'on travaille plus à Paris dans un mois qu'en province pendant un an. Et cette activité assi-

due, universelle, incessante, est la seule cause des ressources, des attraits, du luxe et des séductions dont il
est le centre et le foyer.

Quoi qu'il en soit, on ne peut guère, à Paris, échapper à cette alternative, d'être considéré en province
comme une providence à laquelle on doit s'adresser
et dont on ne saurait trop attendre, ou bien d'être regardé comme un possédé de l'enfer dont il faut se dé-
fier, et sur lequel Satan, un jour ou l'autre, ne man-
quera pas de faire valoir ses droits.

Les parents de Nérie étaient imbus de ces idées,
et ne manquaient pas d'en exagérer l'erreur pour dé-
truire Maurice dans l'esprit de leur fille. La mère les
exprimait avec une véhémence fébrile, le père les com-
mentait avec une gravité niaise, et tous les deux y re-
venaient sans cesse avec la rancune de l'orgueil blessé
et une sorte de dépit amer. Après avoir encouragé et
approuvé ce jeune homme dans son amour quand Nérie
avait été malade, ils lui en voulaient, maintenant
qu'elle était en santé, de la part qu'il occupait dans le
cœur de leur enfant. Ils se laissaient emporter contre
lui par ce sentiment de basse jalousie, ridiculement

odieux chez un père et une mère, criminel et mons-
trueux dans un frère, mais plus commun qu'on ne
pense à propos d'une fille ou d'une sœur prête à se
marier. Ils ne lui auraient pardonné qu'autant qu'il
eût réussi à flatter leur vanité égoïste de petits bour-
geois et de parvenus suffisants, et à la relever comme
d'un piédestal par d'éclatants succès.

Nérie n'était point dupe de ce calcul perfide. Elle
sentait l'injustice de cette opposition systématique, et
elle en souffrait. Plus d'une fois elle avait imposé à
ses parents par ses réponses et par son attitude. Mais, si
elle avait par moments le courage de la résistance, son
caractère indolent, sa paresse d'esprit, son irritabilité
nerveuse, lui enlevaient l'énergie de la patience dans
une lutte à coup d'épingles. Elle se rappelait, d'ailleurs,
que Maurice avait pu l'oublier, et, malgré elle, malgré
les vraisemblances, le soupçon se glissait alors dans
son cœur. La mélancolie de l'absence, le vide moral
où elle retombait du sein de ses rêves et de ses aspirations, la lassitude de l'attente, contribuèrent aussi à
sa défaillance. Maurice perdit son ascendant, et son
influence fut ébranlée. Il écrivit en vain lettres sur

lettres. A ses prières les plus tendres, à ses instances les plus pressantes, aux plus douces sollicitations il ne put obtenir d'autre réponse que ces cinq mots d'une indifférence glaciale ou d'une mortelle ironie : « Je ne suis point malade. »

MOUVEMENTS DIVERS

II

Je t'aurais tant aimé, si tu l'avais voulu,
Ange, qui maintenant me causes des alarmes !
Je t'aurais tant aimé, si mon amour t'eût plu,
Ô toi, qui maintenant me fais verser des larmes !

Ne reviendras-tu pas, alors que je t'attends ?
Ne reviendras-tu pas au cœur qui t'aime encore ?
Au cœur qui malgré tout t'aime encor si longtemps,
Ne reviendras-tu pas, quand toujours je t'adore ?

10

Qui me rendra ces jours, hélas ! trois fois heureux,
Ces jours qui pour nos cœurs étaient des jours de fête?
Sans nous le dire, enfant, nous nous aimions tous deux.
Ne reverrons-nous pas ces jours que je regrette?

Si le fatal secret s'échappait de ton cœur,
Comme je t'aime, enfant, tu m'aimerais toi-même !
Tu m'aimerais, et moi, je croirais au bonheur !
Car mon bonheur serait d'être aimé comme j'aime.

Pour vous, jadis, ému d'un suave transport,
Je détachai du mur ma lyre suspendue,
J'en tire encor ce chant, c'est un dernier accord,
Et sa corde à jamais restera détendue !

Depuis le jour, enfant, où l'inquiète humeur
Et le désir de voir ont, de votre présence,
A mon cœur éperdu dérobé le bonheur,
J'ai souffert tous les maux de la cruelle absence.

J'ai dévoré ma vie à rester ainsi seul.

Enfant, vous avez cru n'apaiser qu'un caprice,

Et vous m'avez muré dans un si dur supplice,

Que j'enviais aux morts leur paix et leur linceul.

Comme un fardeau brûlant le poids du jour m'écrase;

Mes nuits sont sans sommeil; dans un délire affreux

La fièvre me dévore, et son horrible extase

M'agite, sans repos, de transports furieux.

. . . .

. . . .

Revenez, revenez, ô mon unique amie !

D'un monde vil et faux quittez le tourbillon.

Revenez, revenez, sur mon sein endormie,

De l'idéal encore aspirer le rayon.

En ce chemin de deuil, d'exil et de misères,

Nous séparer serait notre commun malheur ;

Nous sommes l'un à l'autre ici-bas nécessaires;

N'ayons jusqu'au tombeau qu'une vie et qu'un cœur.

MAURICE ET NÉRIE

XI

Quoique Maurice n'eût pas éprouvé d'abord pour Nérie un attrait invincible, il l'aimait de toutes les forces de son âme. Sevré dès l'enfance de toute joie d'affection, délaissé aujourd'hui, éperdu et errant dans son isolement comme dans un désert, sans lieu d'asile où se réfugier, sans un nid pour s'abriter, il avait concentré sur elle comme vers un but toutes les puissances de son être, les ambitions ardentes de sa jeunesse, tous les enthousiasmes d'un cœur sensible et altéré de tendresse. D'ailleurs, Nérie avait toujours.

10.

été pleine de bonté pour lui, et c'était par la bonté qu'on parvenait à le captiver, et par une douce habitude qu'on le retenait. Autrement, facile à s'éprendre, comme tous ceux qu'entraîne une imagination vive et qui ne voient les choses qu'à travers le mirage de l'idéal, il était également prompt à se détacher par son esprit pénétrant, par son tact délicat, par sa raison précoce et sérieuse.

Maurice ressentit donc profondément le coup qui le frappait. Sa loyauté se révoltait, autant que son amour était blessé, d'une déception qu'aucun incident ne pouvait faire prévoir et que rien ne justifiait. Il écrivit cependant une dernière fois avec toute l'éloquence d'une suprême effusion. Le cœur humain a aussi sa léthargie, dont un acte de volonté héroïque peut seul le réveiller; il s'engourdit parfois dans l'inertie ou se roidit dans une froide insensibilité. Nérie fut sourde à cet appel en grâce qui eût désarmé un bourreau, et elle resta impassible.

Quand la dernière heure de l'attente tumultueuse et fébrile se fut écoulée, Maurice fut comme foudroyé par l'explosion de son désespoir. Il lui sembla que tout s'écroulait autour de lui ; la terre se dérobait sous ses pas, et il s'abîmait dans le vide. Sa tête, frappée de vertige, s'appesantit mourante sur son épaule ; son cœur cessa de battre, et une larme glacée noya sa paupière. Cette douce lumière de l'illusion qui éclaire l'homme jusqu'au tombeau, qui lui transforme et lui colore les objets, qui lui dissimule la triste nudité de la vie, s'éteignit pour Maurice ; son regard, plongé dans l'horreur d'une nuit lugubre, n'eut plus que la perspective aride d'une désolation sans fin.

Il se ranima par un effort terrible, comme celui de l'agonisant qui cherche à se reprendre à la vie. Par un mouvement mécanique et comme sous la pression d'une hallucination intérieure, il se leva pour sortir ; une lutte affreuse déchirait son âme. Il voulait aller se jeter aux pieds de Nérie, lui redemander à genoux son amour, obtenir à tout prix un regard favorable. Trois fois il se rendit jusqu'à la gare pour partir, trois fois sa fierté le retint et triompha de sa douleur, comme chez tous les nobles cœurs. Il se borna à mander au père de son amie d'enfance qu'il retirait sa parole et qu'il rendait à Nérie toute sa liberté. Mais, épuisé par

ce nouveau combat et sentant que ses jambes refusaient
de le soutenir plus longtemps, il s'affaissa sur son lit
plutôt qu'il ne se coucha, avec la pensée qu'il ne se
relèverait point.

Maurice dormit vingt heures d'un sommeil lourd et
pénible d'abord comme un cauchemar, bientôt profond comme le sommeil de la tombe. Quand il se ré-
veilla, il était brisé; ses membres étaient douloureux
et meurtris, et tout son corps sensible comme une
plaie; son front vide retombait encore sur sa poitrine,
ses pas chancelaient, et il était faible comme s'il eût
sué le sang par tous ses pores dilatés; mais le poids
horrible qui l'étouffait avait disparu.

Un rayon du soleil levant empourprait sa fenêtre,
et un groupe de moineaux babillards picoraient sur
son balcon. Il y alla. En face de lui, une jeune fille
qu'il avait souvent regardée sans la voir arrosait avec
précaution son petit jardin suspendu. Il lui sembla
qu'elle jetait sur lui un regard furtif et qu'elle lui souriait; il se sentit presque heureux d'être libre, la salua
et lui rendit son sourire. Le ciel et la terre avaient
gardé leur inaltérable sérénité pendant l'orage de son

cœur; jamais la nature ne lui parut plus belle et jamais il n'en goûta mieux le charme enivrant; il éprouvait ce sentiment de douce volupté qui inonde l'âme d'un convalescent revenu à la vie, lorsqu'il se retrempe dans une atmosphère bienfaisante et lumineuse. Pour savourer en paix la fraîcheur et les pures délices de cette matinée, Maurice, quoique avec peine, réussit à aller s'asseoir sous les beaux ombrages des Tuileries, et il s'y endormit de nouveau, bercé par les harmonies de la brise dans les feuilles naissantes, par le chant des oiseaux et le vol des ramiers, aux émanations parfumées et vivifiantes d'un beau jour de juin. Lorsqu'il revint à lui, l'espérance était rentrée dans son cœur, et il respirait à l'aise, comme un marin dans le calme du port, après une tempête qui aurait pu l'engloutir, et qui n'a fait que le déposer évanoui sur la rive.

MOUVEMENTS DIVERS

III

———

Quand je vous vois, mon enfant bien-aimée,
Pour moi le jour est plus pur et plus doux;
La paix se fait dans mon âme charmée.
   Et vous?

Quand je vous vois, mon bel ange, je pense
Que de s'aimer est un bonheur bien doux;
De ce bonheur je rêve l'espérance.
   Et vous?

Quand je vous vois, je mets dans mon sourire
Tout mon amour et mes vœux les plus doux,
Ce que plus près je voudrais bien vous dire.
        Et vous?

Quand je vous vois, je cherche, enfant charmante,
Pour vous nommer, tous les noms les plus doux;
Mais je préfère à tous celui d'amante.
        Et vous?

Quand je vous vois, je vous dis : Je vous aime :
Ah! cœur à cœur, quand donc causerons-nous?
Je voudrais bien que ce fût le jour même.
        Et vous?

Quand je te vois, enfant aux cheveux d'or,
    Au doux sourire, à la peau fine,
    Créant, sous ta main qui chemine,
Dentelle et fleurs, fleurs et dentelle encor;

Ton doux regard me charme et me console,
   Il éclaircit mon front rêveur ;
   De t'aimer je fais mon bonheur,
Mon âme à toi dans un baiser s'envole.

Souris toujours, enfant, quand, en passant,
   Je te regarde avec tendresse ;
   Et Dieu te rende avec largesse
Le bien que fait ton sourire innocent.

MAURICE ET NÉRIE

XII

Que se passait-il cependant dans l'âme de Nérie?
Avait-elle voulu une rupture, ou allait-elle accepter
celle qu'elle avait amenée? On pourrait le croire, mais
on s'y tromperait. S'il est vrai pour tous :

> Que la raison n'est pas ce qui règle l'amour;

c'est vrai surtout pour les femmes. Un défaut de caractère et quelquefois de conscience, laquelle, le plus souvent chez elles, est subordonnée à l'attrait ou dominée

par les convenances; une intelligence superficielle et moins cultivée, une impressionnabilité plus vive et un tact plus raffiné, les livrent plus que nous aux inconséquences du cœur et aux mobilités d'une organisation légère et passionnée. Mais elles sont trop flattées d'être aimées et elles redoutent trop la solitude pour abandonner une affection que même elles ne partageraient pas, et pour se précipiter ainsi d'elles-mêmes dans l'isolement. La femme ne rompt jamais sans s'être assurée d'une compensation. Toutes ses ruptures sont des infidélités. Or Nérie n'avait alors aucune occasion d'être infidèle. Ce fut elle qui répondit à la lettre que Maurice avait écrite à ses parents. Elle le fit avec la mélancolie d'une résignation suppliante pour cet abandon qu'elle n'avait pas cru possible, et que sa dignité seule l'empêchait de repousser; avec une expression pénétrante de regret contenu où se remarquait néanmoins la trace d'une larme échappée. Maurice se crut le jouet d'un rêve. Le doute entra dans son cœur, et un scrupule vint alarmer sa droiture en réveillant son amour. N'avait-il pas eu quelque tort ignoré, dont par délicatesse on avait voulu le laisser s'apercevoir lui-même en

ne lui écrivant plus? Avec une bonne foi candide il demanda aussitôt des explications. Courrier par courrier, il fut en retour invité, par les parents eux-mêmes, à revenir passer quelque temps au sein d'une « famille adop-
« tive : une correspondance laissait toujours quelque
« lacune, et on causerait plus à l'aise au coin du
« foyer. » De plus en plus surpris et touché, il se décida à partir. Ce ne fut point cependant sans un serrement de cœur et sans un regard mélancolique sur la fenêtre de sa voisine. Il regrettait presque la liberté qu'il croyait avoir reconquise, et ce lointain charmant de rêves, d'espérances et d'aventures, dont elle déroule toujours à la jeunesse la perspective romanesque.

11.

AMOUR

I

L'amour : ce mot divin m'attendrit et m'inspire,
Un doux frisson me prend, et je ferme les yeux ;
A la terre endormis, dans un chaste délire,
Mon esprit et mon cœur s'envolent vers les cieux.

Comme, aux brises du soir, la harpe d'Éolie
Dans les airs étonnés murmurait ses accords,
Au souffle de ce nom, mon âme recueillie
Éclate et se répand en suaves transports.

Toi qui m'as révélé l'amour dans un sourire,
Jeune fille à l'œil noir, bel ange trop aimé,
Et vers lequel mon cœur toujours vole et soupire ;
Comme aux rayons du jour vole l'oiseau charmé ;

O toi, qui d'un baiser parfumé d'innocence
As versé dans mon sein l'extase aux songes d'or,
Dis-moi dans un soupir, à travers la distance,
Si tu veux que je chante : ami, je t'aime encor.

II

Qu'elle était belle et charmante,
Mon amante,
Aux rayons discrets du soir,

Près de moi, sous la verdure,
Vierge pure,
Sans soupçon venant s'asseoir !

Dans la nuit blanche et sereine,
Son haleine
Caressait mon sein heureux,
Lorsqu'elle penchait sa tête,
Ma fauvette,
En dénouant ses cheveux.

Dans ses yeux purs et sans voiles,
Les étoiles
Se miraient au firmament ;
Mon cœur lui servait de couche ;
Et sa bouche
Comprimait son battement.

Ma main, pleine de caresses,
Sous ses tresses,
Frémissante s'égarait,
Lorsqu'à ses deux lèvres roses,
Mi-écloses,
Mon nom timide échappait,

Nous rêvions : et lorsque l'heure
    Nous effleure
D'un vol rapide et léger,
Comme deux courants de flammes,
    Nos deux âmes
Se mêlaient dans un baiser.

Le vent soufflait l'étincelle
    Sous son aile.
L'écho ne l'entendait pas...
Et nous l'arrosions de larmes
    Sans alarmes :
Nul le savait ici-bas.

Quelquefois sous la feuillée
    Éveillée
Par nos pas, sur le chemin,
Nous allions dans le silence,
    En cadence,
Ensemble et main dans la main.

Nos ombres au clair de lune
    N'étaient qu'une.
Près de nous tout se taisait ;

Dans une étreinte divine
        De poitrine,
Un seul cœur en nous parlait.

Mais un soir : Elle est lassée,
        Ma fiancée...
Je la mis sur mes genoux,
Tenant sa taille jolie
        Qui se plie...
Un ange veillait sur nous.

Enfant, que toujours j'adore,
        Viens encore
Rêver amour et bonheur.
Je t'attends, quand le jour tombe,
        Ma colombe,
Chaste vierge de mon cœur.

J'ai pour abriter ta tête,
        Déjà prête,
La couronne des grands bois;
Une source vive et pure
        Qui murmure
Pour couvrir ta douce voix.

Dans un pli de la montagne,
  Ma compagne,
Je sais un abri secret;
Des vallons frais et tranquilles,
  Des asiles
Où l'écho sera discret.

J'ai d'épais tapis de mousse
  Fraîche et douce,
Pour poser tes pieds mignons;
Et dans un ciel sans nuages,
  Des mirages,
Des astres aux purs rayons.

La fleur ouvre avec délice
  Son calice;
L'oiseau chante dans son nid;
La brise lève son aile;
  O ma belle!
Viens; c'est le moment béni.

Aux amours la terre en fête,
  Et coquette,
Offre plus tôt son printemps;

La nature nous invite;
Viens, viens vite,
O mon ange, je t'attends!

Rappelle-toi nos caresses,
Nos tendresses,
Nos rêves, nos doux moments;
Nos baisers sous la feuillée,
La veillée
Des larmes et des serments.

Des plaisirs c'était l'aurore
Faible encore,
Un éclair avant-coureur;
Et l'avenir, moins avare,
Nous prépare
Le jour divin du bonheur.

Enfant, que toujours j'adore,
Viens encore
Rêver amour et bonheur.
Je t'attends quand le jour tombe,
Ma colombe,
Chaste vierge de mon cœur.

12

III

Mais je l'attends en vain à travers la distance,
Et, malgré mon amour, je reste toujours seul.
Si tu veux que l'on aime, ô Dieu! détruis l'absence,
Car l'amour dans l'absence est la vie au linceul.

Vous qui versez ce soir vos caresses sur elle,
O vous qu'elle aime tant, rayons qui m'éclairez,
Répandez dans son cœur mon amour, mes regrets;
Et vous, brises du soir, ah! prêtez-lui votre aile.

MAURICE ET NÉRIE

XIII

On l'attendait à l'arrivée. Tout le monde l'embrassa,
et Nérie fut la première. On le trouva changé, mais
en bien; ses traits s'étaient accentués, sa physionomie
avait pris une teinte plus virile et plus grave. La ré-
flexion avait développé son front et donné à son sourire une expression sérieuse; ses manières étaient
aisées et calmes; toute son attitude avait cette grâce
facile, cette distinction imposante de la pensée qui se
possède. Rien ne mûrit en effet comme la souffrance
noblement supportée dans la solitude; rien ne déve-

loppe et ne fait mieux ressortir la dignité naturelle de l'homme que l'habitude de l'idéal tempérée par le contact, à Paris, des hommes et des choses.

Après les premiers compliments échangés, Maurice, plus étonné encore qu'heureux de l'accueil aimable qu'il recevait, et conservant sa réserve, se plaça à côté du père de Nérie pour revenir avec lui. Mais celle-ci, avec un empressement charmant, eut bientôt glissé sa main mignonne sous son bras, comme pour l'entraîner à l'écart. Et les parents, prévenus ou dominés, profitèrent du premier détour du chemin pour les laisser seuls.

— Vous m'avez fait bien du mal, dit alors Maurice à sa compagne.

— Et moi, croyez-vous que je n'aie pas souffert? répondit-elle.

Comme il la regardait avec surprise à ces mots, pour la prier d'achever sa réponse, il sentit un frisson le saisir au cœur, en remarquant toute la coquetterie naïve déployée pour lui plaire. Nérie s'était fait coiffer comme il le préférait : ses beaux cheveux blonds tombaient en grappes sur ses joues, et en bou-

cles soyeuses sur son col dégagé. Elle avait mis la
robe blanche et la ceinture qu'il aimait; une rose à
peine entr'ouverte et deux fleurs d'héliotrope s'épa-
nouissaient à son corsage, aspirant à être cueillies.
Elle fixa à son tour sur lui ses yeux humides de plaisir et de larmes ; et, avec autant de délicatesse que
d'expansion, elle lui raconta les ennuis d'une sépara-
tion indéfinie, les langueurs de l'absence, les amer-
tumes de l'isolement, les tourments renaissants d'une
inquiétude jalouse, ses ardeurs étouffées, ses tendresses refoulées, ses enthousiasmes expirant dans le
vide, ses bras ouverts et n'étreignant qu'une ombre.
Sa voix tremblait et sa poitrine palpitait d'émotion;
sa main pressait le bras de Maurice en s'appuyant doucement. Celui-ci fut touché et vaincu :

— Pourquoi ne pas m'écrire tout cela?... Et qu'au-
riez-vous fait à ma place? lui demanda-t-il avec un
reste de froideur.

— Je vous aurais aimé malgré tout, comme je vous
aime encore, comme je vous aimerai toujours, lui dit-
elle en l'effleurant de son souffle. Ne voyez-vous donc
pas que je serais morte de votre abandon?...

A ELLE

—

O toi, vers qui toujours s'élève ma pensée,
Comme une flamme au ciel s'élève du foyer,
Daigne accueillir pour toi cette ode commencée,
Et de mes chants d'amour écoute le dernier.

Depuis que je vous aime, enfant à tête d'ange,
Il semble que ma harpe a dormi sous ma main;
Mais ma vie est un hymne ardent, sublime, étrange,
Dont la note infinie agite et bat mon sein.

Il est des sentiments que l'on ne saurait rendre,
Et que les grandes voix des poëtes, en chœur,
Dans leurs accords puissants ne font pas mieux comprendre
Que les concerts du ciel la flûte du pasteur.

Quelles notes, quels sons, quels chants et quelle lyre,
Exprimeraient mon âme, enfant, quand je vous vois,
Pantelante d'amour, ivre jusqu'au délire,
Dans mes bras entr'ouverts accourir à ma voix !

Lorsque par vos deux bras enlacé de caresses,
Votre âme se répand en frissons prolongés,
En sourire d'extase, en transports, en tendresses,
En soupirs dans mon sein, échangés en baisers !

Aimer et contempler et contempler encore ;
Vivre dans un instant toute l'éternité ;
Et, résumant le monde en celle que j'adore,
N'être plus qu'un transport d'amour et de beauté ;

N'avoir plus qu'une idée, un but, une espérance :
L'un sur l'autre appuyés, avoir le même sort ;
Tisser d'amour sans fin une double existence ;
N'être qu'un dans la vie, un aussi dans la mort.

Pour vous, voilà mon hymne, ô mon ange! ô Nérie!
L'hymne unique, éternel, de tout mon être heureux ;
Qu'il soit aussi le tien, ô ma vierge chérie!
Et que Dieu le bénisse exhalé de tous deux !

MAURICE ET NÉRIE

XIV

Maurice trouva dans sa chambre de nouveaux témoignages de bienvenue. Tout y avait été disposé à
souhait pour lui faire plaisir et pour lui donner une
marque de gracieux souvenir. On sentait dans l'ar-
rangement des objets, et jusque dans les plus petits
détails, que la main d'une femme attentive avait passé
par là. Comme il se couchait, il entendit le bruit
d'un pas léger, attardé dans le corridor ; et une voix,
douce comme une prière, lui dit : « Bonne nuit ! » à
travers la porte. Maurice s'endormit plein de joie,

en rêvant à l'avenir; il songeait combien il est bon d'être ensemble, chez soi, quand tous mettent leurs soins à s'être réciproquement agréables. L'indépendance de la solitude, qui lui souriait en sortant de Paris, lui semblait maintenant un froid exil, et la vie de famille une patrie heureuse. Le bonheur de chacun consiste dans le développement de la personnalité au profit d'autrui, par l'échange cordial et dévoué de services mutuels.

On épia son réveil du jardin. En se levant, Maurice ouvrait ses fenêtres pour dissiper, au grand air, les dernières vapeurs du sommeil. Il n'y manqua point, comme d'habitude, et Nérie vint aussitôt le voir et lui apporter une friandise pour attendre le déjeuner.

— J'agis avec vous comme une sœur, lui dit-elle en rougissant légèrement, jusqu'à ce qu'il me soit donné de faire mieux.

Maurice la remercia par un regard d'amour où perçait néanmoins quelque curiosité, et il la baisa au front avec tendresse.

Ils allèrent se promener dans la journée : ils parcoururent ensemble les champs, les bois, les prairies, où ils avaient joué, où ils s'étaient aimés. Ils s'arrêtaient à chaque lieu qui leur rappelait un doux souvenir.

Sous le berceau de chèvrefeuille entremêlé de campanules embaumées, où ils s'étaient fait leurs premiers aveux, ils lurent une page de *Jocelyn*, ce ravissant poëme de l'amour; et ils trouvèrent dans les accents impersonnels du poëte l'expression pénétrante et émue des sentiments qui les animaient. Le parfum des fleurs, le chant des nids balancés sur la branche, la fraîcheur et le murmure des ruisseaux, l'azur du ciel, l'éclat étincelant du soleil, embellissaient à l'envi cette fête pieuse du pèlerinage dans le passé de nos deux amants.

Le soir, à la veillée, on parla de Paris. Maurice toucha ses hôtes et les fit sourire tour à tour, en leur racontant les péripéties, les alternatives d'espoir et de déception de ses démarches, le caractère des hommes, le train des choses, sa vie solitaire et mélancolique.

— Je suis arrivé aujourd'hui, dit-il, à me reconnaître, et à savoir me diriger à travers cette foule. C'est bien peu, ajouta-t-il; et pourtant, si j'en juge par le prix qu'il m'en a coûté, c'est bien quelque chose.

Tout le monde fut de cet avis. On l'encouragea, on chercha de nouvelles issues, on bâtit de nouveaux projets, on promit à Maurice d'aller le voir à la prochaine exposition, on parla presque de s'établir à Paris plus tard. Tout se dessinait en rose à travers le prisme de l'espérance.

RÈVES ET SOUPIRS

I

Soit que le jour s'allume aux cieux,
Ou s'éteigne dans le silence,
C'est toujours à vous que je pense,
O mon ange aux traits gracieux !

L'image de ma bien-aimée
Flotte sans cesse devant moi,
Versant à mon âme charmée
L'amour, l'espérance et la foi !

Ma vie entière n'est qu'un rêve,
Rêve d'amour, de souvenir,
Que je poursuis, sans qu'il s'achève,
Au ciel fuyant de l'avenir !

II

Souvent, dans les ennuis de mes jours solitaires,
Lorsque tout est désert et sombre autour de moi ;
Quand j'écoute mon sang courir dans mes artères ;
Que mon cœur dans le vide a peur et bat d'effroi ;
Une étoile soudain se lève sur mon âme,
Douce comme l'espoir, lointaine comme lui.
Elle approche, et déjà sous les traits d'une femme,
Sa beauté, son sourire et son regard m'ont lui.
A ce foyer divin tout mon être s'embrase.

J'aime, elle me répond, et je lui tends les bras :
O ma vierge bénie, ô chaste et douce extase !
Amour !... Mais tout a fui : ce n'est qu'un rêve, hélas
Sous le poids du chagrin ma tête encor se plie.
Ce n'est qu'un rêve, hélas ! mais que Dieu doit bénir :
Car tout rêve est prière en sa mélancolie,
Espérance pieuse, au sein d'un souvenir !

III

Si parfois un sourire éclaircit ma tristesse,
Comme un rayon du jour une obscure prison,
Et de son souffle heureux rafraîchit ma jeunesse ;
Si je crois au bonheur qui brille à l'horizon,
Quoique encore voilé de nuages et d'ombres ;
Si mon cœur est tranquille et mon esprit serein ;
Si même pour chasser tous les présages sombres,
Je berce mon repos dans un joyeux refrain ;
C'est que je vois fleurir le doux printemps qu'elle aime.
J'aspire l'air ému, j'entends l'oiseau chanter,
Et mon âme aussitôt la rappelle elle-même.

13.

Je vois dans son œil pur le ciel se refléter;
Le parfum qui m'effleure est bien sa douce haleine;
A l'écho de mon cœur la brise a dit son nom !
O chaste volupté ! délicieux frisson !
Ne vois-je pas son pied qui courbe l'herbe à peine ?...
C'est ainsi qu'autrefois, en l'attendant, le soir,
Mon être palpitait de tendresse et d'espoir !...
Hélas ! trop courte erreur ! trop enivrant mensonge !
De mon cœur abusé ce n'est encor qu'un songe !...

IV

Soit que le jour s'allume aux cieux,
Ou s'éteigne dans le silence,
C'est toujours à vous que je pense,
O mon ange aux traits gracieux !

L'image de ma bien-aimée
Flotte sans cesse devant moi,
Versant à mon âme charmée
L'amour, l'espérance et la foi !

Ma vie entière n'est qu'un rêve,
Rêve d'amour, de souvenir,
Que je poursuis, sans qu'il s'achève,
Au ciel fuyant de l'avenir !

V

Voilà pourquoi mon cœur soupire,
Ma tête tombe sur mon sein;
Pourquoi ma pensée en délire
Agite son aile sans fin....

Pourquoi mon âme et ma paupière
Ne connaissent plus le sommeil;
Pourquoi j'épanche ma prière
Depuis le soir jusqu'au réveil.

Pourquoi je suis triste sans causes
Dans ce qu'on nomme le plaisir;
Pourquoi je ne me plais qu'aux choses
Qu'on ne possède qu'en désir.

Pourquoi je suis d'un œil humide
Le vol du nuage dans l'air,
L'harmonie et la paix splendide
Des champs constellés de l'éther.

Pourquoi j'écoute sous la feuille
La brise aux accords gémissants,
Et l'aile de l'oiseau qui cueille
La graine à ses amours naissants.

Pourquoi ma jeunesse s'incline
Pâle et triste avant la saison,
Comme au penchant de la colline
Un arbrisseau sous l'aquilon.

Pourquoi j'aime la solitude
Et je délaisse les humains,
Je jette mon inquiétude
Aux vents du ciel sur les chemins.

VI

Quand ainsi je rêve à toute heure
Et vous aime de tant d'amour,
Vous, mon bel ange, que je pleure,
M'aimez-vous parfois en retour ?

Le soir, votre chambre fermée,
Rendue enfin à votre cœur,
Près de votre lampe allumée,
M'appelez-vous avec bonheur ?

Regardez-vous dans la prière,
Notre étoile au disque vermeil ;
Et, quand se clôt votre paupière,
Berce-t-elle votre sommeil ?...

Lorsque autour de vous la nature
Par ses fleurs vous parle d'amour,

A vos pieds soupire et murmure,
Soupirez-vous à votre tour?

Vous isolez-vous dans le monde
Et vos esprits sont-ils distraits?
Regrettez-vous la paix féconde
Et l'ombre fraîche des forêts?

Et sur vos lèvres, dans l'espace,
Lorsque vole un baiser de feu,
Frissonnez-vous à l'air qui passe,
En vous recommandant à Dieu?

Est-il un écho dans votre âme
Que la mienne fasse vibrer?
Et dans votre sein une flamme
Dont ma flamme soit le foyer?

C'est toujours à vous que je pense,
Soit que le jour s'allume aux cieux
Ou s'éteigne dans le silence,
O mon ange aux traits gracieux!

VII

J'étais bien jeune encor quand mon âme naïve
Conçut et fit éclore à sa chaleur trop vive
        Sa chaste passion.
C'était un soir d'hiver, près d'un feu qui petille,
Aux doux rayons d'amour d'un cercle de famille,
        Ce nid d'illusion.

Mes deux frères jouaient; dans ses mains caressantes,
Ma sœur tenait ma tête; et ses grâces naissantes
        Aspiraient à fleurir,
Comme un frêle bouton sur sa tige épinetise,
Au réveil du matin, dans la brise amoureuse,
        Aspire à s'entr'ouvrir.

Ma mère, ange d'amour, à blonde chevelure,
Au sourire rêveur, à l'âme sainte et pure,
        D'un regard triste et doux

Nous couvait tous les quatre assemblés autour d'elle...
L'oiseau sur ses petits étend ainsi son aile,
    Et pas un n'est jaloux.

Mon père !... mais, hélas! c'était l'anniversaire
Du jour où l'on nous dit : Invisible sur terre,
    Il vous regarde aux cieux.
Une lampe veillait au pied de son image;
Et la mort empreignait son mâle et beau visage
    D'un sceau mystérieux.

Devant mes yeux rêveurs une image sacrée
Passa!... Quelle était belle et sa couleur dorée
    Pour un adolescent!
Comme un songe divin, dans mon âme ravie,
S'allume chaque jour l'étincelle de vie
    Qu'elle y mit en passant.

Elle me révéla l'amour et la famille,
Raffermit mon esprit dans sa foi qui vacille,
    Et l'espoir dans mon cœur !
Sans me livrer le mot de notre destinée,
M'apprit à côtoyer sa rive fortunée
    Jusqu'au port du bonheur !...

De tout ce qui respire ici-bas, vit et pense,
La loi, la fin, le but, la vie et la substance,
    L'élément, c'est l'amour!
Par l'amour et pour lui tout naît et tout s'élève;
Par l'amour tout bonheur se commence et s'achève
    Au terrestre séjour !

Le cèdre du Liban, l'herbe de la prairie,
La plante cherche au ciel, pour devenir fleurie,
    Brises, pluie et rayons.
L'oiseau suit le printemps, sa mobile patrie,
Pour enchâsser son nid sur la branche fleurie
    Ou parmi les sillons.

L'homme digne du nom désire, libre et maître,
Une chaste moitié pour compléter son être...
    Il n'a rempli son sort
Que lorsque, sur le sein de la femme qu'il aime,
Dans un ange aux beaux yeux il survit à lui-même
    En dépit de la mort...

La fleur dont le parfum dans la brise s'épanche
Se flétrit sans regret sur sa tige qui penche ;
    L'oiseau chante en mourant

Lorsqu'au nid qu'il couvait il a prêté son aile;
L'homme s'endort heureux dans sa tombe immortelle,
  S'il bénit un enfant.

De tout ce qui respire ici-bas, vit et pense,
La loi, la fin, le but, la vie et la substance,
  L'élément, c'est l'amour!
Par l'amour et pour lui tout naît et tout s'élève;
Par l'amour tout bonheur se commence et s'achève
  Au terrestre séjour!

Mon Dieu, fais que tout homme au sein de la famille
Puisse se reposer, près du feu qui pétille,
  Des fatigues du jour!
Répands à larges flots sur notre vieille France,
Pour la régénérer et guérir sa souffrance,
  Le travail et l'amour!

Bien d'autres visions ont flatté ma jeunesse :
Plaisirs, gloire et science, ambition, richesse,
  Ont ébloui mes yeux,
Déployé devant moi leur splendide carrière...
Mais rien n'a pu jamais effacer la première,
  Au front si gracieux!

Je la revois toujours ; elle est toujours plus belle ;
Et mon cœur aujourd'hui ne bat plus que par elle !
    J'ai cherché sur sa foi
Un ange qui du ciel, sous les traits d'une femme,
Pour partager ma vie et comprendre mon âme,
    Fût descendu pour moi !

On me prend en pitié, m'accusant de folie !...
Disgracié de tous dans ma mélancolie,
    Il me reste mon cœur
Pour subir sans regret mon destin dans ce monde,
En caressant toujours l'illusion féconde
    Qui seule est mon bonheur !

Combien de temps ainsi poursuivrai-je ma route ?...
Mais une voix, là-bas, me répond et m'écoute !
    Rêve délicieux !
Elle est fraîche, elle est pure, elle est douce, elle est belle.
C'est la tienne, ô mon ange ! Ah! qui serait rebelle
    A cet écho des cieux ?

Non, je ne suis pas fou ! De sa bouche divine
Le souffle ardent et pur vibre dans ma poitrine !
    Elle est mienne à jamais !

Dans la vie un tous deux, nous passons sur la terre,
Un tous deux dans la mort, sous l'ombre solitaire,
     Nous dormirons en paix !

En rêvant sur mon cœur la vierge devient mère !
L'enfant, aussi beau qu'elle et meilleur que son père,
     En recevan t le jour
A su vivre et grandir... Ah ! si ce n'est qu'un rêve,
O toi ! pour qui j'écris, permets-tu qu'il s'achève,
     En rêvant à ton tour ?

VIII

C'est toujours à vous que je pense,
Soit que le jour s'allume aux cieux
Ou s'éteigne dans le silence,
O mon ange aux traits gracieux !

MAURICE ET NÉRIE

XV

Nérie était sincère dans son empressement et dans son retour. Elle aimait véritablement Maurice et n'avait jamais songé à l'abandonner. En le revoyant, elle avait senti renaître tout son attrait et tous ses sentiments pour lui. Son affection, un moment refoulée et comme suspendue dans les profondeurs de son âme par le découragement, reprenait maintenant son cours et retrouvait ses effusions avec une ardeur nouvelle et de fraîches émotions, avec des jouissances imprévues et

14.

charmantes. Il est vrai qu'elle n'était pas encore bien
libre avec lui. Maurice, sans le vouloir ni s'en douter,
la dominait par un ascendant naturel; et il élevait
l'amour à des hauteurs de conception et d'idéal aux-
quelles Nérie n'atteignait pas à son aise, ni sans effort;
— roman pour les masses et vérité pour les poëtes.
Mais les femmes subissent volontiers la supériorité
d'un homme qu'elles aiment, et elles en éprouvent plus
de besoin que d'ennui. L'orgueil et la vanité jouent un
rôle plus considérable dans l'amour qu'on ne saurait
le croire; et leur satisfaction intelligente et noble d'ailleurs, en rendant le cœur fier de son choix, contient
sa légèreté et ranime ses élans.

Le père et la mère de Nérie étaient loin de céder
aux mêmes entraînements et d'apporter autant de
loyauté que leur enfant dans leurs démonstrations.
Leur attitude cependant n'était point un simple mensonge de convenance, elle était un calcul et une né-
cessité de situation. Ils venaient de perdre sans bruit
leur fortune dans une série de spéculations malheu-
reuses, et il ne leur restait plus, leurs dettes payées,
que le strict nécessaire. Déchus de leur prétention à

toute alliance ambitieuse, ils ne pouvaient guère compter que sur Maurice pour marier leur fille, sans dot, con-
venablement. Gens incertains et mobiles d'ailleurs,
sans portée dans l'esprit, sans consistance dans leur
volonté, sur lesquels on ne pouvait jamais s'assurer;
changeant de dessein et d'allure suivant les fantaisies
de leur humeur ou sous la pression du moment.

Un incident vint les rapprocher tous plus intime-
ment et n'en fit qu'un cœur et qu'une âme, en les com-
blant de joie. Maurice reçut une lettre de Paris, dans
laquelle on lui faisait entrevoir, comme probable, sa
nomination à un poste de secrétaire général dans une
compagnie nouvelle de chemins de fer, en voie
de formation. Un homme sérieux et bienveillant,
répandu dans les affaires, s'était souvenu d'une promesse amicale qu'il lui avait faite et avait parlé de lui.
Il espérait avoir réussi. Il le lui mandait, en l'enga-
geant à ne pas différer son retour. Ils semblaient donc
toucher au terme de leurs vœux; les portes d'or allaient enfin s'ouvrir à leurs rêves! Maurice était ravi;
Nérie sauta de joie d'abord, puis se prit à rougir et
devint rêveuse. Les parents trouvèrent pour Maurice

des égards qui témoignaient plus que de la bienveil-
lance et qui allaient jusqu'à la considération.

Le jour du départ, nos deux amants, se promenant
à l'écart, montaient et descendaient la pente ondulée
d'une prairie encadrée de verdure et semée de mar-
guerites. Un bouquet de bois les protégeait de son ombre ; tout était désert autour d'eux, et l'on n'entendait,
dans la solitude des champs, que les mille bourdon-
nements des petits mondes vivants, quoique invisibles,
dans le rayon d'un beau jour d'été. Ils avaient l'âme
trop émue pour parler. Mais leurs mains se joignirent
bientôt comme d'un commun accord, et ils s'assirent
auprès l'un de l'autre, tout près, bientôt plus près encore, dans un entraînement mutuel. Nérie appuyait sa
tête sur l'épaule de Maurice, et la laissa glisser sur la
poitrine de son amant en l'entourant de ses bras. Maurice enlaçait dans les siens la taille de Nérie ; il la
pressait contre son cœur ; il sentait les palpitations
soulevées du sein gonflé de son amie ; il aspirait son
haleine, sa douce haleine de vingt ans. Tous deux mêlèrent leurs âmes dans cette étreinte d'une tendresse
ineffable. Mais ils se relevèrent purs, malgré l'ardeur

de leurs embrassements et l'enivrement de leurs caresses. Nérie s'abandonnait avec la confiance naïve
de l'innocence, ou vaincue par l'émotion, et l'ombre
même d'une pensée mauvaise ne vint pas troubler l'extase sereine et pure de Maurice. Quand on aime par
l'intelligence autant qu'avec le cœur, on ressent l'é-
motion des sens, mais on n'en subit point la fougue.
Et, si l'honneur ne faisait point une loi de s'en défendre, il suffirait de la sagesse intéressée du plaisir
pour ne pas cueillir, en amour, un bonheur préma-
turé.

LE PRINTEMPS ET L'AMOUR

I

C'est le printemps, ô ma compagne!
Le ciel se dore d'un beau jour;
Comme l'oiseau, dans la campagne,
Cherchons un nid à notre amour.

Viens, fuyons la ville souillée :
Notre bonheur sera plus doux
En s'abritant sous la feuillée,
Loin des yeux d'un monde jaloux.

Vois-tu, là-bas, sur la colline,
Sourire une blanche maison ?
Elle est coquette, et se dessine
Comme une voile à l'horizon.

Sur sa toiture pavoisée
De jasmins, de rosiers en fleurs,
Un ciel pur verse sa rosée,
Le soleil, ses chaudes couleurs.

Et de sa persienne entr'ouverte,
Où l'hirondelle vient nicher,
L'on plonge dans la forêt verte
Que surmonte un pieux clocher.

A ses pieds, c'est la vallée
Où la cascade avec grand bruit
Tombe, et se roule échevelée
Sur une couche de granit.

A gauche, de fraîches prairies
Déploient en onduleux contours,
Semé de riches pierreries
Leur brillant tapis de velours.

A droite, une verte charmille
Qui tamise, en poussière d'or,
L'astre qui dans le ciel scintille
Sur la terre au rapide essor.

Là, dans une douce indolence,
On peut poursuivre tout le jour,
Au sein de l'ombre et du silence,
Le rêve enchanté de l'amour;

Le soir, aux tremblantes étoiles,
Sous le feuillage bruissant,
Respirer dans la nuit sans voiles
La brise au souffle caressant;

De sa course à travers les mondes
— Rappeler l'âme dans son vol,
Ou la laisser bercer aux ondes
Du chant perlé du rossignol.

Au devant, les fleurs colorées
D'un riche et gracieux Éden,
Dont les haleines éthérées
Exhalent un parfum divin.

Quelques champs où la moisson mûre,
Sur sa tige, aux épis soyeux,
Se balance, ondule et murmure,
Aux baisers d'un zéphyr joyeux.

Autour, des aubépines blanches
Dont la neige s'épanche à flots;
Où palpitent, mêlés aux branches,
Et nids mousseux et chants d'oiseaux.

II

L'horizon resplendit des feux purs de l'aurore;
Et le temps a frappé sur le cadran sonore
Cinq coups mélodieux.

En échos prolongés la voix de la prière
Se répand sur les champs de sa voûte de pierre,
    Comme un soupir des cieux.

Sous le voile incertain du crépuscule humide,
La nature endormie, à son réveil timide,
    Aux caresses du jour
Ne prête qu'à demi sa pudeur embellie;
Comme à l'aube du cœur la vierge recueillie
    Dans son premier amour.

D'étincelles bientôt les bords du ciel petillent ;
Et, des mille rayons dont ses regards scintillent
    Versant les gerbes d'or,
Le soleil apparaît, et dans sa beauté fière
S'élève, se balance et plane solitaire,
    En son vol lent encor.

La terre alors tressaille, haletante et ravie,
S'élance en bondissant vers l'auteur de sa vie,
    Et s'exhale à ses pieds,
Dans un divin transport d'ivresses infinies,
En parfums, en couleurs, voluptés, harmonies,
    En doux pleurs essuyés.

Dans les airs splendides,
Les brises humides
Répandent, timides,
Leurs souffles aimants.
C'est, dans la nature,
Le chaste murmure
Et l'haleine pure
De baisers charmants.

Dans le vert feuillage,
L'oiselet volage,
Sous le frais ombrage,
Bégaye aux rayons ;
Bruyamment caquette,
Et vite volette,
Se pose et becquette
Par prés et sillons,

Claire, fraîche et vive,
La source plaintive
Le long de sa rive
Mire ses couleurs,
Et lance en fusées
Ses eaux irisées ;

Puis tombe en rosées
Sur un lit de fleurs.

Sur sa tige frêle,
Chaque fleur nouvelle
Dans son sein recèle
La perle des cieux
Qu'en naissant l'aurore
Forme et fait éclore
Des vapeurs que dore
L'éclat de ses yeux.

Blanches aubépines,
Vierges des épines,
Mousses des collines,
Gramens empourprés,
Humbles violettes,
Bluets, pâquerettes
Fraîches et coquettes,
Étoiles des prés;

Reines des parterres,
Belles messagères,
Nymphes éphémères,
Sérail du printemps;

Vives pierreries,
Amours et féeries
Du sol, des prairies,
Des bois et des champs;

Secouent, sur leur trône,
Leur fraîche couronne,
Les parfums que donne
Leur bouquet vermeil :
Ardeurs éthérées,
Caresses ambrées
Des amours sacrées
De terre et soleil.

Les arbres sans nombre
De la forêt sombre
Tressaillent dans l'ombre
De leur dôme épais :
Abri séculaire
Du cœur solitaire,
Séjour de mystère
Et temple de paix.

L'insecte bourdonne,
Çà, là, papillonne,

Tremblotte et frissonne
Sur ses ailes d'or ;
Rase la lumière,
Hume la poussière
De la plante mère,
Dans son fol essor.

L'aigle magnifique
Et le bœuf rustique,
Le coq domestique,
Au réveil du jour,
Saluent le sourire
Du roi qui respire
Dans son vaste empire,
La vie et l'amour.

L'homme enfin se lève,
Recommence un rêve
Que jamais n'achève
Un bienfait du sort :
Amour et souffrance,
Travail, espérance,
Liberté, science,
Ennui, doute et mort.

Cependant le soleil, majestueux, sublime,

Domine de l'éther cette fête unanime,

Éternelle à ses yeux ;

Et, répandant à flots sa gloire tutélaire,

A bientôt dévoré l'espace solitaire

D'un vol silencieux.

III

D'un pas discret, que le respect mesure,

J'entre rêveur, et comme entre un ami,

Au pavillon encadré de verdure,

Séjour aimé de mon ange endormi ;

Où vient aussi, gracieuse comme elle,

Aux doux parfums des roses du matin,

En roucoulant, la blanche tourterelle

De son plumage étaler le satin.

Kiosque charmant aux lumineux ombrages,

Au dôme pur sous un ciel souriant,

Et qui rappelle en féeriques mirages

Les horizons des sites d'Orient ;

Enveloppé de fraîcheur, d'harmonie,

D'air et de paix, de rayons, de couleurs,
De bruits d'oiseaux, d'amour, de poésie,
De voluptés, de parfums et de fleurs.

Elle dormait; la gaze, la dentelle,
En flots de neige amassée autour d'elle,
D'un léger voile adoucit ses attraits,
Et, les couvrant d'une ombre transparente,
Rayonne au cœur leur pureté charmante,
Sans en laisser transparaître les traits.
Comme l'on voit, se couvrant d'un nuage,
L'astre des nuits dérober son image,
Sans nous voiler sa rêveuse clarté.
Comme Vénus, sous ses franges marines,
Enchante l'œil de ses formes divines,
En parfumant l'âme de chasteté.
L'un de ses bras, replié sur sa couche,
De ses cinq doigts en bouquet sur sa bouche,
Semblait en rêve envoyer un baiser;
L'autre, avec grâce et comme une caresse,
Sur son sein blanc en signe de tendresse,
Nonchalamment se laissait reposer.
Sur son col nu, de sa tête de reine
Elle inclinait la majesté sereine;
Et ses cheveux versaient à larges flots

L'or parfumé de leurs grappes bouclées,
Que le sommeil ensemble avait mêlées,
En déroulant leurs flexibles anneaux.
Un fin sourire a fait sa bouche éclore,
Et sur ses traits se joue avec l'aurore.
Tiède parfum, fraîche brise du cœur,
Qui, de ses dents entr'ouvrant la corolle,
Projette au front une douce auréole,
Et de ses traits anime la blancheur.

IV

Que ton sommeil est doux et ta grâce charmante,
        O mon amante !
Et qu'il fait bon ainsi, jusqu'au réveil du jour,
Poursuivre de son cœur la vision dorée,
        L'ombre adorée,
Qui plane dans le ciel sur l'aile de l'amour !

Dors ! car, même aux heureux, rien n'est plus doux qu'un songe
        Qui se prolonge,

Et mollement nous berce en l'espace infini ;
Ou vers les mondes d'or, dans son extase étrange,
      Comme un vol d'ange
Nous emporte et nous ouvre un idéal béni !

Dors ! j'aime de ton sein qui s'élève et retombe,
      O ma colombe !
Le marbre virginal, le souffle harmonieux ;
J'aime le fin tissu de ta paupière rose,
      De longs cils close
Pour voiler un regard qui réfléchit les cieux.

Ah ! laisse-moi cueillir sur ta bouche embaumée,
      Ma bien-aimée,
La douce fleur d'amour, un baiser effleuré ;
Laisse-moi respirer ton haleine endormie,
      O mon amie !
De ton âme en la mienne un parfum éthéré.

Mais, quoi ! j'ai fait s'enfuir ton sommeil de fauvette ;
      Ta noble tête
Secoue en souriant sa royale beauté.
Pardonne, mon enfant ! je suis là ; mais ton songe
      N'est pas mensonge,
Et ton bonheur devient une réalité.

V

Bientôt nous descendons la pelouse fleurie,
Poursuivant de nos cœurs la chaste rêverie,
Dans la nature en fleurs, sous le regard des cieux,
Savourant à longs traits le bonheur d'être deux.
Ma main près de son cœur autour d'elle s'enlace,
La sienne sur mon col se replie avec grâce :
Comme le couple heureux du céleste jardin
Qui s'éveille à l'amour, aux rayons du matin,
Dans la création nouvelle et frémissante.
Étonnés et ravis de notre ardeur naissante,
Aux splendeurs du printemps nous égarons nos pas,
Et dans l'air enivrant nous murmurons tout bas
Le mot qui verse au cœur une paix infinie;
Ce mot, de l'univers la suprême harmonie,
Qu'avec nous à l'envi tout murmurait en chœur,
Les oiseaux par leurs chants, les plantes par leur fleur,
Le soleil par ses flots de vie et de lumière,
Le sol par son haleine embaumée et légère,

Qui courait vive et folle en parfums jusqu'aux cieux,

Où les astres, voilés par le jour radieux,

Devaient d'un œil jaloux, dans leur course éthérée,

Contempler ici-bas cette scène sacrée.

Comme tout était bien, tout grand, sublime et beau!

L'amour à ses élus fait le monde nouveau.

De ce spectacle en nous vibrait un hymne immense,

Qui de nos cœurs bientôt à nos lèvres s'élance.

O toi, souffle d'amour, ineffable, éternel,

      Chaste esprit de flamme

      Dont nous sentons l'âme

Palpiter dans notre être en ce jour solennel;

Toi qui répands partout ta source intarissable,

De l'insecte à la fleur, du ciel au grain de sable;

Qui fécondes l'espace en ton brûlant essor,

Vers lequel la nature aspire, aspire encor

Pour étancher sa soif à ta source de vie,

Comme un enfant au sein tend sa bouche ravie;

O toi qui fis jaillir les mondes du chaos;

Qui dégages toujours, par des progrès nouveaux,

      Du mal en ruines

      Les œuvres divines;

Transformant à nos yeux, doucement, par degrés,

      Sur le globe où nous sommes,

Les végétaux en fleurs, les fleurs en fruits dorés,

Et nous tous pauvres hommes,
Esclaves nés, à tous les jougs soumis,
En rois intelligents, libres, frères, amis;
Toi, qui rends tout meilleur, noble, élevé, sublime,
Conserve dans nos cœurs le feu qui les anime.
Et puissions-nous tous deux, une main dans la main,
Passer sur cette terre
Couple heureux, solitaire,
Ensemble, jusqu'au terme, avoir même chemin;
De notre double vie incarner dans un ange
L'expression d'amour, notre âme sans mélange ;
En lui, par lui renaître, et sans regret mourir,
En pensant que le bien que nous avons vu poindre,
Dans le même cercueil avant de nous rejoindre,
Par ta bonté puissante il l'aura vu fleurir.

MAURICE ET NÉRIE

XVI

Il y a des événements, il y a des scènes dans la vie dont les impressions ne s'effacent point avec les causes qui les ont produites. Leur trace subsiste toujours, plus ou moins latente, et ne manque pas d'exercer, sur le caractère et sur les idées, sur la destinée tout entière, une influence réelle et quelquefois décisive, quoiqu'on ne puisse s'en rendre compte. Cela est surtout vrai de l'amour. Heureux ou malheureux, brisé ou constant, fidèle ou volage, sensuel ou idéal, on ne saurait l'éprouver sans qu'il en reste un ébranlement ou une impulsion intime, dont l'effet permanent est aussi sûr qu'insaisissable. Rien en amour et rien de l'amour n'est indifférent. Si nous étions sages, peut-être ne tiendrait-il pas moins de place dans la vie, mais il en aurait davantage dans notre attention et dans notre conscience.

Maurice et Nérie s'étaient retrempés l'un par l'autre pendant les jours qu'ils avaient passés ensemble, et une heureuse transformation s'était accomplie en tous deux. Les enthousiasmes fébriles et les langueurs énervantes de l'absence avaient disparu. Aux élans suivis d'intermittence avait succédé une ardeur meilleure et saine, égale et continue, une tendresse profonde, calme et sereine. L'harmonie s'était faite; ils s'entendaient, ils se comprenaient, ils se possédaient mutuellement dans une douce sécurité. Le fond de leur bonheur était une charmante quiétude. Les prévenances, l'initiative et le mouvement venaient de Nérie; Maurice n'avait maintenant qu'à la suivre, et il y avait, dans les retours dont il la comblait, une reconnaissance émue qui ravissait Nérie. S'ils s'étaient mariés en ce moment béni, leurs natures diverses, l'une trop exaltée et poétique, l'autre plus simple,

mais gracieuse et ouverte, auraient achevé de se
tempérer mutuellement dans leurs différences, par
le contact; et elles se seraient complétées dans un ensemble piquant. Leur union eût été prospère et leur
félicité assurée et durable.

ABSENCE ET MÉLANCOLIE

———

Le bonheur avec vous m'a fui :
Ma vie est triste et solitaire,
Mes jours s'écoulent dans l'ennui;
Loin de vous rien ne sait me plaire.

En vain, l'aurore dans les cieux
Semble consoler ma souffrance,
Et de son souris gracieux
M'invite encore à l'espérance.

Elle n'a plus pour moi d'attrait :
Car le matin, quand je m'éveille,
Dans mon cœur renaît un regret
Qui le soir prolongea ma veille.

En vain l'heure, fille du jour,
Du temps aimable messagère,
S'envole et revient tour à tour,
Tantôt grave, tantôt légère;

En vain même pour son amant
Souvent au ciel dérobe-t-elle
Quelques douceurs, un rien charmant,
Qu'elle m'apporte sous son aile;

Je la suis d'un œil attristé,
Autour de son cadran sonore;
Et dans son vol précipité
Mon cœur ardent la presse encore.

Car le présent n'est plus pour moi
Que douleur et mélancolie;
Je ne le sens qu'avec effroi,
Et pour souffrir moins je l'oublie.

Et je vous revois en esprit
Me dire encor tout bas : Espère;
Et votre bouche me sourit
En me donnant le nom de frère.

Je m'élance dans l'avenir ;
Je touche à ce moment d'ivresse
Où votre main, pour me bénir,
Sur mon front passe une caresse.

Avec vous le bonheur m'a fui :
Ma vie est triste et solitaire,
Mes jours s'écoulent dans l'ennui ;
Loin de vous rien ne peut me plaire.

Jadis, dans mes livres ouverts,
Je butinais sur chaque page ;
Comme l'on voit, dans les prés verts,
Butiner l'abeille volage.

J'en recueillais en prose, en vers,
La paix à mon âme ravie,
Et ma part de manne aux déserts
Où le sort condamna ma vie.

Alors mes auteurs vénérés,
A la douce voix de l'étude,
Sortaient de leurs tombeaux sacrés
Pour égayer ma solitude.

Ils m'apportaient mille plaisirs
Chacun dans une main diverse;
Et j'échangeais tous mes loisirs
Pour les trésors de leur commerce.

Souvent, touchés de mon amour,
Je les voyais, dans un doux rêve,
De leur gloire illustrer un jour
Leur docile et fidèle élève.

Je voyais la postérité,
Honorant en moi mes modèles,
Me saluer à leur côté,
Couvert de palmes immortelles.

Et ma jeunesse se berçait
D'espérance et de poésie ;
Et comme une fleur se parait
De parfums, de grâce et de vie.

L'enthousiasme dans les cieux
M'emportait sur son char de flamme;
Même au désert j'étais heureux,
Je n'y laissais qu'un corps sans âme.

Je vous vis et connus l'amour :
Vous étiez si triste et si belle,
Aux rayons mourants d'un beau jour,
Sous votre voile de dentelle!

Et je jurai sur votre main,
A l'orpheline inconsolée,
D'être l'ange de son chemin
Dans le trajet de la vallée.

Mon âme abandonna les cieux;
Et pour mériter un sourire,
Pour un rayon de vos beaux yeux
Je me soumis à votre empire.

A genoux je donnai ma foi;
Vous plaire devint mon étude,
Vous aimer fut toute ma loi,
Vous voir, ma plus douce habitude.

Ah! pourquoi furent-ils si courts,
Ces heureux jours coulés près d'elle,
Où, jurant de l'aimer toujours,
Je lui disais d'être fidèle?

Ils ont passé comme au réveil
S'envole une image dorée;
Comme un beau rayon de soleil
S'éteint sous la nue empourprée.

Mais l'humble gazon dans les champs
Renaît et reprend sa parure :
Au souffle embaumé du printemps,
Tout refleurit dans la nature.

Ils renaîtront, ces temps ornés
D'amour, de joie et d'innocence ;
Bientôt, de plaisirs couronnés,
Tous deux nous oublierons l'absence.

Avec vous le bonheur m'a fui :
Ma vie est triste et solitaire,
Mes jours s'écoulent dans l'ennui;
Loin de vous rien ne peut me plaire.

Quand dans la voûte d'un ciel pur
La reine des nuits se balance,
Je la contemple dans l'azur
Sourire à la terre en silence.

Si parfois sa blanche lueur
Brille sur ma sœur en prière,
Ah! rappelez dans votre cœur
Le souvenir de votre frère!

Quand, sous votre voile jaloux,
Vous sentirez dans l'atmosphère
Un air plus chaud, un vent plus doux;
Rappelez aussi votre frère.

Et sur votre sein endormi
S'il s'incline une ombre légère,
Ne craignez pas : c'est un ami!
Pensez encore à votre frère!

MAURICE ET NÉRIE

XVII

Malheureusement leur fortune s'appuyait sur une base fragile, comme toutes celles que l'espérance élève. Maurice n'obtint pas la position de secrétaire général, pour laquelle il avait été recommandé. Un autre l'avait acquise avant même son arrivée ; mais on lui offrit de l'occuper dans la statistique. D'après le conseil de son protecteur, pour faire preuve de bonne volonté, il se mit courageusement à aligner des colonnes de chiffres. Mais il souffrait, à ce labeur machinal, comme un aigle attelé à la charrue pour creuser un

sillon, et il y perdit bientôt toute espérance d'une fonc-
tion sérieuse. Force lui fut alors de renoncer à cet emploi de sa disponibilité, si lourde qu'il la trouvât, et il
resta désemparé de nouveau. Ce fut un rude échec, une
de ces déceptions cruelles que l'on rencontre à Paris,
dans les personnes et dans les choses. Maurice se laissa
surprendre par le découragement; pour une obser-
vation triste, pour un mot amer, il fût tombé dans le
marasme. Comme tous les cœurs jeunes et chauds, il
concentrait son âme sur un seul but, et il faisait trop
facilement dépendre de ce but toute sa destinée. Mais
Nérie eut un tact exquis en cette occasion. Elle ne laissa
percer aucun dépit et conserva une douceur charmante. « C'était trop beau, lui écrivit-elle, pour que
nous dussions y compter sitôt, mais nous n'avons point
le droit de nous abandonner. Persévérons en redou-
blant d'espoir. Il faut violenter la fortune par son énergie, ou la désarmer par sa patience, pour en obtenir
certaines faveurs; plus il exige d'efforts, plus un bien
a de prix. » Maurice n'aurait pas mieux pensé ni
mieux dit. Il respira. Quelques jours après, Nérie lui
fit part des pertes d'argent que son père avait essuyées.

« Décidément nous ne sommes pas heureux, disait-elle, mais voudrez-vous de moi sans dot? » Ce fut au tour de Maurice d'être bon et délicat. Il accueillit cette nouvelle comme une délivrance. Il y vit sincèrement un grand obstacle de moins à l'accomplissement prochain de leurs vœux. Il se trouvait en effet soulagé d'un grand poids, et sa fierté était à l'aise. « Puisqu'il en est ainsi, lui répondit-il, je renonce à attendre la fortune ou à la poursuivre en travaillant. J'irai à elle par les voies sûres: je vais prendre mes grades et entrer dans l'Université. L'amour nous consolera des torts de l'ambition, ou plutôt nous n'aurons point d'autre ambition que celle de nous aimer chaque jour davantage. »

C'est ainsi que, l'esprit distrait par de nouvelles perspectives, le cœur parfumé encore d'un doux souvenir, ils traversèrent, l'amour sauf, une épreuve qui en aurait divisé beaucoup d'autres.

QU'EST-CE DONC QUE L'AMOUR ?

A MA SŒUR

———

Enfant au doux sourire, au front pur et limpide,
Au beau regard d'étoile, au cœur simple et candide,
Pourquoi pencher ainsi ta tête sur ta main,
Comme au souffle d'orage une fleur du chemin ?

Pourquoi ce pli rêveur à ta bouche attristée?
Et sous tes cils soyeux cette larme arrêtée?
Je t'ai surprise hier les yeux mouillés de pleurs,
D'un refrain langoureux endormant tes douleurs :
Sur les bords de la mer tu promenais ton rêve.
Tantôt d'un pied léger faisant gémir la grève,
Ton regard dans les airs flottait triste et pensif;
Et tantôt, immobile au sommet d'un récif,
Que de sa blanche écume une vague caresse,
Tu semblais te mirer dans l'onde avec tendresse;
Comme l'étoile d'or aux voûtes de l'éther,
Qui le soir réfléchit ses splendeurs dans la mer.
Quelle pensée alors agitait ta jeune âme?
Cherchais-tu dans les cieux un rayon, une flamme,
Pour allumer en toi comme un foyer divin
Que tu sentais éclore et couver en ton sein?
Ou, dans les flots émus, comme un autre toi-même
Qui murmurât tout bas ce mot sacré : Je t'aime!
Ta jeunesse déjà compte dix-huit printemps,
Qui brillent sur tes traits en rayons éclatants.
C'est l'âge où dans le cœur quelque chose s'éveille,
L'âge d'illusion, de féerique merveille,
Où tout dans l'univers nous paraît enchanté
Et brille d'un éclat qui nous est emprunté;
Où tout est harmonie, attrait et douce image,

De notre âme charmée admirable mirage.
Age d'or, âge heureux, enivrante saison,
De l'être tout entier suave floraison.

Jusqu'à présent ta vie étroite et personnelle,
Égoïste innocente, avait vécu pour elle,
Regardant sans le voir le monde extérieur.
La conservation, instinct supérieur,
Concentrait dans ton cœur sa séve nourrissante;
Elle absorbait en toi ton âme insouciante.
Mais elle brise enfin tous les langes du moi,
Et, libre, riche, ardente et maîtresse de soi,
S'élance, pour chercher dans un vague délire,
L'inconnu, l'idéal vers lequel elle aspire;
Se verser dans son sein en effluves d'amour,
Et le faire en le sien déborder à son tour.
Ainsi l'herbe des champs, dont la tige est poussée,
Se couronne de fleurs comme une fiancée;
Se répand dans les airs en aromes légers;
S'épanche sur ses sœurs en suaves baisers,
Qu'elle attend à son tour, et qui viendront vers elle
Quand la brise du soir soulèvera son aile.
Mais notre âme timide est incertaine encor,
Elle ne va pas haut dans ce premier essor.
Elle borne son vol au monde, à la nature,

Et s'élance vers tout ce qui vit ou murmure,
Dans son naïf besoin de trouver une sœur
Dont la communion puisse remplir son cœur.
C'est alors, comme toi, qu'aimant la solitude,
On se fait de rêver une douce habitude.
Alors d'un pied distrait on foule les gazons ;
On cherche dans les cieux de nouveaux horizons.
On écoute le soir les plaintes de la brise,
Ou le bruit gémissant de la vague qui brise ;
On suit d'un œil humide un nuage dans l'air
Ou l'aile d'un oiseau qui va rasant la mer.
Et la nuit quelquefois, sous la verte feuillée,
Avec mélancolie on poursuit sa veillée.
Mais le vide du cœur ne peut être comblé
Au sein de la nature, et l'on reste isolé :
Rien ne répond assez à notre ardeur secrète,
Et l'âme tend plus haut dans sa course inquiète.
N'as-tu pas vu, souvent, passer devant tes yeux
Comme un fantôme humain aux traits harmonieux,
Qui souriait tout bas à ta crainte ingénue?
Ou, descendant parfois des splendeurs de la nue,
Un ange qui glissait sur un rayon doré
Pour verser la fraîcheur dans ton sein altéré?
Dans un songe divin ta douce rêverie
N'évoque-t-elle pas une image chérie?

Un jeune homme à l'œil fier, au front grave et serein,
Où d'un génie aimant brille le sceau divin;
Tendre et beau, simple et grand, tel enfin qu'une femme
En caresse toujours le type dans son âme?

Prends garde; les périls vont naître sous tes pas;
Prends garde à ton bonheur, enfant, mais ne crois pas
Qu'un instant je me pose en conseiller austère,
Et t'engage à garder ton âme solitaire;
A repousser l'amour comme un mal, un danger
Auquel tu dois tenir tout ton être étranger.
Non! ce bien vers lequel ta jeunesse soupire
N'est pas un songe creux de ton âme en délire.
Calomnier l'amour, ce serait blasphémer;
Car l'amour vient de Dieu, qui nous fit pour aimer,
Comme l'eau pour couler dans la plaine profonde,
Comme il fit le soleil pour éclairer le monde.
Tout ne s'aime-t-il pas d'ailleurs dans l'univers?
Et la fleur dans les champs, et l'oiseau dans les airs?
Aime, mais sache aimer, car l'amour est science,
Et, comme toute chose, a son expérience.
Pour que ton cœur, enfant, ne cherche pas en vain,
Il faut que la raison, comme un guide divin,
Le réglant dans l'essor de sa course brûlante
Au but mystérieux de son ardeur charmante,

Lui montre les écueils qu'il ne faut pas heurter,
Les obstacles nombreux que l'on doit surmonter;
Qu'elle l'aide à saisir ce fantasque Protée
Sous les illusions de sa forme empruntée.
Mais tu ne m'entends plus, ô mon ange! ô ma sœur!
L'innocence et la foi conseillent mieux ton cœur.
Je vois ton front charmant que le doute secoue,
Et ta bouche jolie essayer une moue.
La raison dans l'amour! ah! quelle froide erreur!
Et cependant, enfant, crois-moi pour ton bonheur,
Crois aux réflexions de ma jeune sagesse,
Qui s'inspire pour toi d'une vive tendresse.
Tous n'ont-ils pas senti les suaves élans
Où t'entraîne l'essor de tes dix-huit printemps?
Tous n'ont-ils pas goûté cette ivresse infinie
Qui te fait voir partout le bonheur, l'harmonie?
Regarde cependant si l'amour est compris!
Hélas! ce mot sublime est pour beaucoup d'esprits
Un mot vide et muet, illusion, mensonge,
De la jeunesse en fleurs tout au plus un doux songe
Qui naît, brille et s'efface en un même moment,
Et ne laisse après soi qu'un court enchantement.
Mais peut-être est-ce là l'opinion vulgaire,
Qui de la vérité voit toujours le contraire?
Non! c'est aussi le chant des poëtes chéris

De la manne desquels, enfant, tu te nourris,
Et que ton âme ardente écoute avec délire,
Comme un écho du ciel qui vibre sur la lyre;
Tandis qu'ils sont l'écho du sophisme banal,
Et que, loin d'aspirer au sublime idéal,
A la source du beau, si limpide et si pure,
Ils flattent dans leurs vers notre faible nature.
Pour plaire et frapper fort ils chantent les plaisirs;
Par leurs concerts divins allument nos désirs.
Puis, soulevant le doute, excitent nos alarmes,
Et d'un voile trompeur défigurant les charmes
Qui nous avaient ravis, tirent enfin des pleurs
De nos cœurs pénétrés de cruelles douleurs.
Et nous applaudissons à leurs sages blasphèmes,
Qui condamnent l'amour sans nous blâmer nous-mêmes!
Nous rejetons sur Dieu, sur ses bienfaits divins,
De nos tristes erreurs les coupables chagrins!
Certes, l'amour se mêle et de joie et de peine :
C'est le sort ici-bas de toute chose humaine.
Mais dans sa peine même il garde sa douceur,
Et la faute en est toute à notre propre cœur.
Quand nous fuyons le vrai pour suivre une chimère,
Dieu nous rappelle au bien par la tristesse amère.
Toute joie est à lui, toute douleur à nous,
Et sa sagesse en fait l'usage le plus doux.

18

En preuve, de l'amour faisons un peu l'histoire,
Et des siècles anciens repassons la mémoire.
Pour savoir ce qu'il est, observons ce qu'il fut;
Quels maux il peut causer, détourné de son but;
Et comment, égaré d'un extrême à l'extrême,
Il devrait tendre enfin à devenir lui-même.
Pour le monde écoulé, monde grec et romain,
L'amour était brutal et n'avait rien d'humain.
On en méconnaissait la pure et noble essence;
D'un instinct assouvi c'était la jouissance,
Et les femmes alors n'étaient qu'un instrument,
Un meuble de plaisir, le jouet d'un moment.
Aussi les parquait-on dans un triste esclavage,
Comme le Turc, ce type adouci du sauvage.
La famille, union d'intérêts et de cœurs,
Le foyer domestique et ses chastes douceurs
Se soupçonnaient à peine au sein du paganisme.
Une autre ère commence, et le christianisme,
Dans sa réaction contre l'antiquité,
Se montra noble et ferme avec sévérité;
Effaça de nos lois la honte et l'infamie,
Purifia nos mœurs de la polygamie.
Mais comprit-il l'amour? Non. Pour lui, c'est un mal;
Du crime originel un instinct animal
Dont il nous tait le nom et regrette l'usage;

Même en le consacrant du sceau du mariage.
Quant aux élans du cœur, aux rêves, aux transports,
Aux extases de l'âme, il fait tous ses efforts
Pour nous les dérober, et fausse la nature
En rompant nos liens avec la créature.
On ne saurait aimer Dieu qu'on ne comprend pas,
Si l'on n'aime d'abord ses œuvres ici-bas;
Et tout ramène à Dieu, dans le ciel, sur la terre,
Car son nom est partout et de tout il est père.
Comme un souffle divin passant sur les esprits,
Il raviva pourtant les germes dépéris
Des nobles sentiments qui font les grandes âmes.
Et les peuples du Nord, qui vénéraient les femmes
Comme un reflet du ciel, une incarnation,
A leur culte d'honneur et d'adoration
Ajoutèrent bientôt, sous sa tutelle aimante,
Des peuples du Midi la tendresse brûlante,
Qu'en ses ardeurs combat la douce pureté,
Fille aimable du ciel et de la liberté.
De ce mélange heureux vint la chevalerie,
Ce rêve gracieux des temps de barbarie,
Mais qui ne fut jamais, hélas! la vérité,
Et consolait pourtant de la réalité.

On reconnaît encor sa trace en notre France :

Affectueux égards, aimable déférence,
De la force à la grâce, aux caprices charmants;
Commerce aimable et pur de tendres sentiments,
Qui tempèrent des lois l'oppression cruelle.
Car la femme est toujours un enfant en tutelle,
Qui ne peut vivre, agir, ni penser sans soutien,
Et qu'il faut garrotter, d'un éternel lien,
A l'homme qui souvent n'a pas sa sympathie,
Mais auquel par calcul on la veut assortie.
La femme, hélas! encor reine d'opinion,
N'est de fait qu'une esclave après son union.
Et nous méconnaissons l'amour, le mariage,
Comme l'antiquité, comme le moyen âge.
Qu'est-ce donc que l'amour? me diras-tu, ma sœur,
Quel est ce mot divin qui fait vibrer mon cœur?
L'amour, enfant, l'amour, couronnement des vies,
C'est la communion de deux âmes ravies
Dans un accord parfait de toute faculté,
De deux êtres humains l'harmonique unité.
Ah! tu l'as bien senti dans les transports aimables,
Les aspirations des ardeurs ineffables
Qui font battre ton cœur pour un doux avenir,
Et t'annoncent déjà que l'amour va venir.
Courage donc, enfant, poursuis ton espérance!
Toute grande pensée est sœur d'une souffrance :

Mille obstacles viendront arrêter le dessein
Qu'avec un tendre espoir tu nourris dans ton sein;
Mille obscurs préjugés combattront, dans ton âme,
D'un amour libre et vrai la généreuse flamme.
Courage, guide bien ton esprit et ton cœur;
Sache attendre et lutter : Dieu te doit le bonheur.
Et tu l'auras bientôt, si mes vœux sont propices;
Tu boiras à longs traits la coupe des délices
Qui console ici-bas l'homme faible et mortel,
Et l'ange de ton cœur va descendre du ciel...
Cependant Dieu te donne un ami dans ton frère,
Un ami, plein d'amour, comme toi solitaire.

MAURICE ET NÉRIE

XVIII

Les dix-huit mois qui suivirent furent pleins de douceur et de charme. Une source fraîche et vive d'épanchements intimes jaillissait du cœur de nos deux amants. L'horizon s'était rétréci devant eux, mais il était pur. La route, quoique moins belle d'aspect, était facile et unie jusqu'au terme, et le terme se laissait toucher du regard. Quelques orages nerveux prévinrent la monotonie sans altérer l'accord : il en devint plus franc, plus achevé, plus piquant. Ce furent les plus beaux jours de Maurice et de Nérie. Quand on

a pu en goûter de semblables, quelque déception qui
leur succède, on ne les oublie point, et il en reste toujours dans l'âme, après la première amertume passée,
une trace lumineuse, et un parfum dans le souvenir.

Mais l'amour ne se suffit point. Comme l'or, il est
par lui-même sans consistance. Il peut naître partout,
mais il ne se soutient et ne se développe qu'autant
qu'il est uni à toutes les satisfactions relatives de l'esprit et du corps et aux commodités de la vie, suivant
la condition de ceux dans le cœur desquels l'âge ou les
circonstances l'ont fait éclore. Il s'éteint dans la misère, il dépérit dans la gêne, il étouffe ou se dévore
dans l'isolement, il s'évanouit sans l'appui de la sagesse et du devoir. En dehors des lois divines et hu-
maines, il erre sans refuge et sans lieu d'asile, il suit
le printemps comme l'hirondelle et s'envole aux premières rides. Ce n'est point qu'il recule en face des
obstacles, car il se roidit contre eux et ressent des
élans impétueux, quelquefois invincibles, pour les fran-
chir. Mais il succombe et meurt bientôt à la peine s'il
ne parvient à les surmonter. A vingt ans on a dans la
puissance de l'amour une foi aveugle. Erreur géné-

reuse et noble illusion ! A quarante ans on en comprend mieux la faiblesse et les besoins; aussi la jeunesse ne connaît-elle de l'amour que la fleur, et c'est à l'âge mûr qu'en appartient le fruit.

Bientôt la correspondance de nos deux amants se ralentit, sans incident nouveau et d'elle-même, comme une flamme qui va s'éteindre dans un foyer sans aliment. Ce ne fut qu'en changeant de nature qu'elle put continuer. Jusqu'alors elle avait été émue, attendrie, lyrique. Elle devint moins passionnée et causa davantage. L'intelligence relaya le cœur. Lorsque la causerie n'est que le résultat naturel de la sympathie des idées, elle est un bon signe au commencement d'une affection : elle la noue et l'entretient; il y a des personnes qui ne s'attachent que par l'esprit. Mais, lorsque la causerie n'est qu'artificielle et de convention, une distraction empruntée, ce n'est plus alors que le dernier reste d'une ardeur qui tombe et d'un sentiment qui finit.

CEUX QUI AIMENT

—

Tout le monde sourit au doux nom de l'amour;
Mais pour beaucoup, hélas ! c'est une lettre morte :
On aspire vers lui comme on aspire au jour;
Mais long est son sentier, bien étroite sa porte.

Ils n'aiment pas encor, ceux qui dans le plaisir
Cherchent à rafraîchir des ardeurs sensuelles,
Que domine la chair, qu'asservit le désir...
Car, si l'amour est corps, du moins il a des ailes.

Ils n'aiment pas non plus, ceux dont le cœur fiévreux
Fait de l'amour pâture aux instincts égoïstes :
Orgueil ou jalousie, et rêves malheureux;
Qui l'accusent après de leurs sentiments tristes.

Les orages sont loin du beau ciel de l'amour;
Les soucis et les pleurs ne forment point sa cour.
Mais ce n'est qu'aux cœurs purs qu'il ouvre ses richesses,
Ses trésors de bonheur, de paix et de caresses.

On n'aime pas non plus quand on cherche en amour
Des intérêts, des biens autres que l'amour même.
On obtient par surcroît tous les biens en retour,
Quand on cherche l'amour comme le but suprême.

Car l'amour est le but et la religion,
Et l'idéal sublime, attractif, nécessaire,
De tout ce que la vie anime d'un rayon :
C'est l'amour qui la rend féconde et nourricière.

Tout le monde le sent, mais bien peu l'ont compris,
Et l'instinct le dit seul de sa voix immortelle.
Que l'instinct soit principe, et la terre nouvelle
De sa rédemption aura payé le prix.

Ceux-là seuls aiment bien dont le corps, l'esprit, l'âme,
Dont l'être tout entier vibre au nom de l'amour;
Et qui vers l'infini s'élèvent chaque jour
Avec l'objet aimé, d'un double vol de flamme.

L'homme, né pour grandir et devenir nombreux,
Ne peut que par l'amour remplir sa destinée.
La vertu, la science et tous les dons heureux
Ne font que préparer sa course fortunée.

Il nous faut, ici-bas, un dogme dont la loi
Contienne en la guidant la liberté captive;
Dont l'attrait lumineux nous attache à sa foi,
Et nous fasse dompter la nature rétive.

Or, ce dogme, un doux nom l'exprime : c'est l'amour,
C'est-à-dire grandeur et nombre de l'espèce,
Gloire et bonheur pour tous et chacun tour à tour;
L'avenir infini que nous rêvons sans cesse;

L'amour, de tout notre être entière expression;
Et le foyer divin où, vives étincelles,
Toutes nos facultés empruntent leur rayon,
Et, pour aller à Dieu, leurs flammes et leurs ailes.

19

MAURICE ET NÉRIE

XIX

Maurice et Nérie ne supposaient point cependant que leur amour fût près d'expirer. Elle avait en lui une foi entière ; il ressentait pour elle la plus grande confiance. Chacun d'eux eût douté de soi avant que l'un eût soupçonné l'autre, et la certitude d'être aimé eût réprimé en tous deux une velléité d'inconstance. Il n'est pas facile de rompre avec quelqu'un qui reste fidèle et que l'on croit tel. L'estime réciproque et le respect mutuel sont la plus forte digue contre les entraînements de l'humeur, le cordial le plus énergique contre les défaillances de la sympathie. Ils opposent à l'abandon et à l'indifférence, des scrupules d'honneur et de délicatesse qu'on ne surmonte pas sans peine.

C'est ainsi que nos deux amants passèrent en revue toutes les questions charmantes que soulève l'amour. Quel est-il, quelle en est l'essence, quelles en sont les lois? D'où vient qu'il éclôt, quelquefois, rapide et soudain, dominateur comme la foudre; que tantôt il ne se dégage que lentement et par degrés, à travers mille métamorphoses, des profondeurs de l'âme, où il était couvé dans une douce chaleur latente? Par quelles altérations successives dégénère-t-il en se transformant, depuis le désir jusqu'à la satiété, depuis l'enthousiasme jusqu'à la haine, depuis l'enchantement jusqu'à l'indifférence? Sur tout cela ils ne raisonnaient point en amateurs désintéressés et d'une manière impersonnelle. Il y avait dans leurs aperçus plus de souvenirs que d'idées, plus d'allusions que de conjectures, plus de retours que de points de vue. Ils discutaient moins avec leur esprit qu'avec leur âme, et c'était un drame qui s'animait de part et d'autre, plutôt qu'une causerie. Mais, hélas! ils en étaient venus à se convaincre que l'amour n'est point immortel. Comment l'auraient-ils su s'ils ne l'avaient éprouvé dans le même moment? On n'aime déjà plus quand on ne croit pas devoir aimer toujours. La crise ne pouvait manquer d'éclater.

Un fait qui suivit aurait dû les éclairer sur l'état de leurs relations et faire surtout réfléchir Maurice. Nérie était venue à Paris ; ils s'étaient revus, et le premier moment avait été plein d'émotion et de bonheur. Maurice, dont le cœur sommeillait seulement, avait senti se réveiller en lui toutes ses ardeurs les plus pures ; ses sentiments avaient refleuri sous le regard de Nérie, plus belle que jamais. Mais, en même temps, Nérie semblait devenir plus froide : elle avait l'air contraint et embarrassé.

Un soir, en revenant de l'Opéra, Maurice, encore sous le charme de la musique qu'il venait d'entendre, aux bruits mourants de la grande ville qui commençait à s'endormir, aux lueurs fantastiques des becs de gaz sillonnant d'un cordon de feu l'obscurité vaporeuse de la nuit, Maurice avait retrouvé cette éloquence pénétrante du cœur dont il avait le secret. Toute son âme vibrait dans sa voix harmonieuse et caressante. Elle

19.

s'épanchait en accents pleins de douceur. Nérie restait impassible et ne répondait point, lorsque enfin, impatientée sans doute par un trait plus tendre qui jurait trop avec ses dispositions intimes :

— N'est-ce pas assez, Maurice? lui dit-elle d'un ton d'humeur.

— Assez? répondit-il saisi et tremblant sous l'apostrophe inattendue; pourquoi donc, Nérie?

— A quoi tout cela peut-il aboutir? répliqua-t-elle avec une sorte de dépit.

C'était résumer leur situation par un mot amer. Maurice le sentit, se tut, et se retira navré d'inquiétude.

Mais les amoureux ont l'espérance tenace et se font illusion volontiers. En y réfléchissant, Maurice ne vit bientôt plus dans le cri qui l'avait blessé que l'explosion d'une sensibilité longtemps froissée par les angoisses de l'attente. L'époque de son dernier examen était proche, et il se remit à la pensée que l'heure décisive de sa destinée allait enfin sonner. Ses regards pourtant se portèrent alors sur les fenêtres de sa voisine. Quoiqu'il fût tard, elles étaient encore éclairées.

Ils avaient pris tous les deux l'habitude d'éteindre ensemble leur lumière, et l'aimable enfant l'avait attendu. Trois fois par jour ils se saluaient d'un sourire ; dans l'intervalle, leurs yeux se rencontraient souvent encore, comme pour s'assurer mutuellement de leur présence. Par une sorte de convention tacite ils vivaient en commun à travers le milieu qui les séparait ; et il leur manquait quelque chose quand ils ne se voyaient point, par suite d'un dérangement dans leurs occupations ordinaires. Maurice fut ému ; il se reprocha presque cette intimité silencieuse, cette sympathie involontaire et charmante qui l'unissaient à sa voisine. Elle avait été pendant deux ans sa seule distraction, et le repos de son isolement. Mais il croyait à l'intuition jalouse de l'amour et à la réciprocité fatale des sentiments. Peut-être Nérie avait-elle pressenti cette infidélité morale, et il en était puni ? Hélas ! il ne devait pas tarder à s'apercevoir qu'il se trompait, et que tous ses scrupules étaient bien exagérés.

LES ÉPREUVES DE L'AMOUR

———

Quelle âme dans l'amour n'a rêvé l'infini,
N'a voulu, du bonheur en savourant l'ivresse,
Faire l'éternité de ce moment béni
Où l'extase en son ciel nous berce et nous caresse?
L'éternel, l'infini, sont de nos sentiments
Les grandes voluptés, les croyances naïves,
Le but toujours juré de nos plus doux serments,

L'idéal glorieux de nos natures vives ;
Cette sphère étoilée où la vie en son cours
Étend, étend l'essor de ses ailes sublimes;
Des hauteurs de laquelle on retombe toujours
Foudroyé, quand on pense en atteindre les cimes.

Retour spontané
Du cœur étonné
Dans l'extase même
Du bonheur suprême
Dont il est rempli.
Lassitude, oubli,
Que volupté cause,
Que nature impose,
Quand l'être a frémi
Sur un sein ami,
A l'âme enivrée,
Toujours altérée.
Désenchantement
A certain moment,
De ce qui naguère
Semblait ciel sur terre.
Tristesses, ennui,
Quand une heure a fui

Sans combler le vide
D'un cœur trop avide.

Petits riens blessants
Pour l'esprit, les sens.
Quelques mots, une ombre,
Moins heureux, plus sombres,
Du cœur ou des traits.
Prestige qui tombe,
Ardeur qui succombe,
Voile des attraits.
Défauts de parure,
Mensonges d'allure,
Abandon de soi;
Glas de l'habitude,
Mort de quiétude,
Empire du moi.
Plus de doux commerce
Où l'âme se berce;
Pas un seul désir.
Plus de poésie
Et plus d'harmonie,
Et plus de plaisir.
Froid d'indifférence;
Brise d'inconstance;

Rapports aigres-doux,

Puis soupçons jaloux :

Reproches, querelles,

Plaintes mutuelles,

Souvenirs, regrets.

Fuite de présence,

Recherche d'absence,

Égards mesurés :

La haine se montre.

Hasard et rencontre,

Soif de nouveauté;

Rémords écarté.

Moment favorable,

Chute irréparable.

Je renonce à les peindr e en quelques vers trop courts,

Les épreuves qu'on sait s'attacher aux amours

(Comme, hélas ! ici-bas, à toute belle chose),

Plus nombreuses cent fois qu'épines à la rose.

  .   .   .   .

L'on n'aime pas moins bien pour les mieux constater;

Même en les prévoyant on peut les éviter...

L'amour, d'ailleurs, l'amour, pour qu'il se communique,

Exige, comme Dieu, que pour lui l'on s'abdique.

Et par le sacrifice il faut être épuré
Pour la communion de son banquet sacré.
L'idéal brille alors dans notre nuit mortelle,
Et s'abaisse sur nous de sa voûte éternelle.
Le devoir, la raison, sur les ailes du cœur,
Effleurent de bien près le suprême bonheur.

MAURICE ET NÉRIE

XX

Le moment tant désiré par Maurice arriva enfin. Il venait de conquérir ses grades dans l'Université, et il obtint une nomination de professeur dans un lycée. C'est une position modeste mais distinguée, car il n'est pas facile de la mériter. Quoique l'enseignement ne jouisse pas en France de la considération et des avantages qui lui sont dus, la carrière en est honorable et sûre, si cependant on y prend garde, au milieu de nos tourmentes politiques. Elle vaut bien un mariage choisi, quel qu'il soit, et même une dot.

Il se hâta de faire part de son succès à sa fiancée.
Il en attribuait tout l'honneur à l'amour, et il s'en ré-
jouissait parce qu'il couronnait ses vœux les plus tendres et les plus chers. Il ne voulait pas se rendre à son
poste sans emmener avec lui sa Nérie bien-aimée. Il
était fier d'avoir le droit d'être pressé, après avoir si
longtemps attendu. Comme Jacob, son bonheur était
le prix de son travail ; c'était à la sueur de son front
qu'il s'en était rendu digne.

Il n'attendit pas de réponse, et partit aussitôt après
avoir mis ordre à ses affaires. Son voyage ne fut qu'un
enchantement. Chaque tour de roue paraissait bien lent
à son cœur, qui avait des ailes, et cependant il l'en-
tretenait et le berçait, en le rapprochant, dans une
douce rêverie, comme un accord mélodieux. L'avenir
se déroulait aux regards de Maurice dans un mirage où
se jouait l'espérance, et où chaque chose se transformait
en joie au rayonnement de l'illusion. Ce fut avec ra-
vissement, comme on salue la patrie longtemps absente,
qu'il revit les lieux où s'était écoulée son enfance, et la
maison, éden de son amour, d'où le sort l'avait si longtemps exilé. Il y rentra le sourire aux lèvres et le

front serein, comme un triomphateur. Tout le charme de la vie est attaché au bandeau que la nature a mis sur nos yeux pour la traverser. Par un bienfait qui ressemble à une dérision, il semble quelquefois que le bandeau s'épaississe à mesure que nous avançons vers une déception.

DÉSESPOIR

Qu'elles s'écoulent lentement,
Les heures de la solitude!
Mon cœur, dans un seul battement,
Souffre un siècle d'inquiétude.

La nuit, à l'aurore et le soir,
C'est toujours la même agonie :
Aimer, attendre sans espoir,
Sans trève de monotonie.

Chaque minute sur mon cœur
Tombe, et distille sa douleur,
Comme la goutte d'eau du Dante
Qui ronge une pierre vivante.

Dans ma froide immobilité,
Abîmé de mélancolie,
Je dure avec stupidité,
Comme au tombeau la léthargie.

Le monde, la gloire et le temps,
Le ciel et la douce espérance,
Ne me font rien : je n'ai qu'un sens,
Celui d'aimer dans la souffrance.

C'est aussi le sens du damné.
Ah ! celle dont le frais sourire
A ce tourment m'a condamné,
Mon Dieu ! laissez-moi la maudire.

Mon Dieu ! je l'ai choisie entre toutes ses sœurs,
Qui d'un cœur libre encore invoquaient la parole ;
Comme au printemps l'on voit, dans les champs, toutes fleurs
Au vol du papillon entr'ouvrir leur corolle.

J'ai fait saigner mes pieds aux ronces du chemin,
Pour guider de ses pas la course solitaire;
Je t'ai prié pour faire, à ton souffle divin,
Éclore de son cœur le suave mystère.

Pour fixer sur mon front le rayon de ses yeux,
Pour faire son bonheur, être appelé son ange,
A l'avenir, à tout j'avais fait mes adieux,
Et versé dans mon sein son amour sans mélange!

Pour moi de l'existence elle était le seul bien;
Et de sa voix d'oiseau, de son plus doux sourire,
Elle m'avait promis... Elle oublie, et puis... rien !
Dans mon malheur, mon Dieu ! laissez-moi la maudire.

Mais non : gardons au cœur toujours
Le souvenir de nos amours !
A ce souvenir je soupire;
Non, je ne veux pas la maudire!

Qu'elles s'écoulent lentement,
Les heures de la solitude!
Mon cœur, dans un seul battement,
Souffre un siècle d'inquiétude.

Toi, dont l'œil réfléchit les cieux,
Qui seule peux me rendre heureux,
O ma vierge, ô ma bien-aimée
A chevelure parfumée,
Qui posas ta main sur mon cœur !
Comme autrefois, à toi ma vie,
Mon culte, et mon âme ravie
Vers toi mon rêve de bonheur
S'envole sur l'aile de l'heure,
Te cherche la nuit et le jour.
Dis-moi, pour ne pas que je meure :
Foi, Maurice, espérance, amour.

D'un sourire sèche mes larmes,
D'un mot dissipe mes alarmes;
D'une ligne console-moi.
Malgré le temps et la distance,

Je ne respire que pour toi.
Sois mon ange, ma providence :
Je t'ai mise sur mes genoux,
Invoquée aux noms les plus doux.
Oh ! rappelle-toi nos caresses,
Nos serments, nos chastes tendresses !
Nérie, enfant, fille du ciel,
Que ton amour soit éternel !

. . . .

Qu'elles s'écoulent lentement,
Les heures de la solitude !
Mon cœur, dans un seul battement,
Souffre un siècle d'inquiétude.

MAURICE ET NÉRIE

XXI

Maurice n'était point attendu. On le reçut sans empressement, avec une surprise mêlée d'embarras. Comme il s'en étonnait, on lui avoua qu'un jeune homme, un parent, se trouvait dans la maison depuis quelques jours et qu'il occupait sa chambre. Maurice prit son parti d'aller demeurer à l'hôtel. C'était ce que l'on voulait.

Il ne connaissait point ce parent prétendu, et il n'en avait jamais entendu parler, ce qui ne laissait

21

point de l'étonner sans pourtant lui inspirer encore de défiance. Il le vit bientôt à table, et n'eut pas de peine à démêler en lui, sous les dehors d'une courtoisie suspecte et gênée, un ennemi mortel.

Sa nullité suffisante, son vernis d'emprunt, sa gravité prétentieuse et sa réserve affectée; ses manières fausses, hésitantes entre l'obséquiosité et la colère, entre les prévenances et la froideur; ses regards furtifs, sa tenue apprêtée, avaient déjà soulevé l'antipathie de Maurice. Un manque d'égards sournois et blessant vint la faire déborder.

On sortait après le dîner, et Maurice, qui jusque-là n'avait pu causer encore avec Nérie, lui offrit son bras au haut de l'escalier. Mais le nouveau venu, s'étant élancé le premier, offrit également le sien sur le seuil de la porte, et il fut préféré. C'était une provocation directe de la part du jeune homme, une sorte d'insulte de la part de Nérie. Maurice dévora ce double affront en rougissant, et les parents ne cherchèrent point à lui en adoucir l'amertume. Que se passe-t-il donc ici, pensa-t-il, et quel est mon rôle? Quoiqu'il ne crût pas facilement au mal, et que sa bonté timide désarmât quelquefois sa susceptibilité, il ne put s'empêcher de témoigner combien il était froissé, et revint à l'hôtel.

Il ne parut point au déjeuner du lendemain; mais Nérie étant venue le chercher dans la journée, elle n'eut point de peine à le ramener. Elle semblait heureuse de le voir librement au retour, lorsque tout à coup elle aperçut son hôte qui les épiait de loin. Émue et tremblante à cette vue :

— Maurice, lui dit-elle, je ne me marierai pas avec vous avant que nous puissions nous établir à Paris. Vous ne sauriez vivre que là, et nous serions malheureux partout ailleurs. N'ayez pour moi que de l'amitié pendant quelques jours, ajouta-t-elle, cela vaudra mieux. Mes parents et moi nous vous en saurons gré.

Maurice, dans son douloureux étonnement, alla s'ouvrir aux parents du changement de leur fille.

— Nous ne l'avons jamais contrariée dans ses dispositions, lui répondirent-ils, vous le savez; nous aurions mauvaise grâce à commencer aujourd'hui.

Il aborda à son tour le terrible parent. Celui-ci désirait ardemment rester en dehors de cette affaire, qui ne le regardait point.

— Réglez cela entre vous. Je me garderai bien, ajouta-t-il avec une nuance d'ironie, de mettre mon doigt entre l'arbre et l'écorce.

Ainsi rebuté de toutes parts, Maurice se débattit pendant quelques jours dans une lutte horrible entre son amour aux abois et sa dignité, sa délicatesse, ses fiertés les plus légitimes méconnues et blessées à plaisir. Rien n'est plus triste que la situation d'un homme de cœur tombé sous la dépendance de la médiocrité défiante et jalouse jusqu'à la haine, qui ne comprend point ou qui feint de ne point comprendre. C'est avec une barbarie impitoyable qu'elle assouvit ses petites passions et ses basses rancunes à molester sa victime. Sous les apparences d'une bonhomie perfide, il n'y eut point d'avanies qu'on ne fît à l'envi essuyer à Maurice. Nérie n'y avait aucune part sans doute, mais elle assistait, le cœur impassible et le masque souriant, à cette persécution ignoble et sourde. Elle feignait de ne point s'apercevoir des souffrances de celui qui l'avait tant aimée, de celui qui l'aimait tant encore et avec un si grand désintéressement. La femme, dans son inertie, a des moments d'une cruauté froide devant laquelle la colère de l'homme reculerait épouvantée. Comme l'enfant, elle est sans pitié.

ADIEU

Adieu, toi que j'ai tant aimée,
O jeune fille dont l'œil noir
Brillait à mon âme charmée
Pur comme une étoile du soir !
Adieu, bonne et douce Nérie,
O ma vierge de Raphaël,
Colombe dont la voix chérie
Sonnait comme un écho du ciel !

Le chaud rayon de ta prunelle
Ne s'allumera plus pour moi ;
L'éclat que ton regard ruisselle
Comme un éclair jette l'effroi.
Sur ta lèvre si fraîche et rose,
Pas un sourire tout le jour ;
Et de ta bouche triste, close,
Plus un seul mot de notre amour.

Comme un serpent, la calomnie,
Glissant, hélas ! jusqu'à ton cœur,
Du venin de sa langue impie
Empoisonne notre bonheur.
Je ne suis plus l'amant fidèle
Des jours heureux du temps passé ;
Et de notre amour immortelle
Le doux rêve s'est effacé.

Déjà condamné par l'absence,
Tort forcé de notre amitié,
Malheureux loin de ta présence,
Je ne puis obtenir pitié.
Quand tu devrais à ta justice
Pour ma souffrance un doux retour,

Un sourire à mon sacrifice,
Reconnaissance à mon amour.

Dans la douleur où je succombe,
Rejeté de l'homme et du sort,
Je sens sous moi s'ouvrir la tombe,
Et dans mon sein germer la mort.
Cependant j'épanche sans haine
Mon âme en pleurs silencieux.
Lorsque la vie a tant de peine,
On ne vit plus que pour les cieux.

Trop confiant dans l'innocence,
Qui console et ne défend pas,
Dédaignant dans ma conscience
L'envie acharnée à mes pas,
J'ai laissé grandir un mensonge,
Qu'en le frappant de vérité
J'aurais dissipé, comme un songe
Au choc de la réalité.

Et puis, dans mon amour trop vive,
Je ne pouvais douter de toi :
Plein de sécurité naïve,

En ton cœur j'avais trop de foi.
De cette foi je meurs coupable,
Sans doute, hélas ! peu regretté ;
Mais, dans l'avenir équitable,
Vengé par ma fidélité.

Adieu, mon ange de la terre,
Aux cheveux blonds, aux cils soyeux,
Aux traits purs et pleins de mystère,
Où se jouent les couleurs des cieux,
Reflet d'une peau satinée.
Quand loin de moi tu prends l'essor,
Compagne de ma destinée,
Je t'aime et te bénis encor.

Adieu ! de ma main dans la tienne
Je n'aurai plus le doux frisson ;
De ta voix mêlée à la mienne
Je n'entendrai plus le doux son.
Et de ta taille qui s'élance,
Mince et frêle comme un palmier,
Je ne sens plus la nonchalance
Doucement sur moi s'appuyer.

Adieu ! quel mot plein de tristesse

Pour l'âme qui n'a plus d'espoir!
Adieu! sans la chaste caresse
Que tu me donnais chaque soir!
Adieu! sans la douce espérance
D'un revoir prompt dans l'avenir!
Adieu! sans la douce assurance
Du passé dans un souvenir!

Pourtant nous nous aimions, Nérie,
Nous nous aimions! et nos amours,
J'en ai ta promesse chérie,
Devaient embellir tous nos jours.
Ma pensée était ta pensée
Et se mirait dans ton esprit
Au mien à peine commencée,
Comme une beauté se sourit.

Nous n'avions à nous deux qu'une âme;
Tes sentiments étaient les miens;
Nous vivions de la même flamme,
Et mes amis étaient les tiens!
Ensemble notre destinée,
Vers le ciel, unie à jamais,
Devait s'avancer couronnée
D'amour, d'innocence et de paix;

Adieu! douce et charmante amie,
Au cou de cygne, au front divin;
Chaste rêve de poésie,
Rayon vaporeux du matin;
Fleur du ciel qu'ici-bas caresse
Le sourire étonné du jour,
Et qui parfumait ma jeunesse
Du souffle éthéré de l'amour.

Adieu! ta pure et fraîche image
Dans mon sein se grave à jamais;
Comme un prestigieux mirage,
L'absence embellit tes attraits.
De l'ange gardien qui s'envole,
A ton visage gracieux
J'ajoute encore l'auréole;
Et tu me souris dans les cieux.

Je t'embaume dans ma pensée
De mon immortel souvenir,
Toujours vierge et ma fiancée,
Dans le présent, dans l'avenir.
De mon bonheur à son aurore
Je poursuis le songe si beau;

Et je veux le poursuivre encore
Jusque dans la nuit du tombeau.

Adieu, toi que j'ai tant aimée,
O jeune fille dont l'œil noir
Brillait à mon âme charmée
Pur comme une étoile du soir !
Adieu, bonne et douce Nérie,
O ma vierge de Raphaël,
Colombe dont la voix chérie
Sonnait comme un écho du ciel !

MAURICE ET NÉRIE

XX

La patience de Maurice, si forte et si persévérante qu'elle fût, se lassa enfin sous le coup de tant d'ingratitudes. On évitait avec un soin concerté la moindre parole qui pût rappeler le passé. Il semblait que de son amour, que du projet de son mariage, il n'avait jamais été question, que tout cela fût un rêve à reléguer au pays des chimères. Et Nérie lui échappait toujours.

Un jour, à la barbe de toute la famille, il s'empara d'elle avec l'audace mélancolique du désespoir.

— Vous m'écouterez, lui dit-il en la retenant avec autorité.

Son air de décision lui imposa, et personne n'osa protester. Ils sortirent ensemble.

— Je ne sais quel malheur me menace, reprit-il après un moment de silence; mais l'incertitude est le pire des maux. Je suis venu pour avoir votre main; rien ne s'oppose plus à notre union; avant un mois nous serons mariés, ou nous ne nous marierons jamais.

— Je ne puis pas, je ne veux pas me marier! répondit Nérie avec effort et sincèrement émue.

Il semblait qu'un aveu qui l'étouffait allait s'échapper de son âme. Maurice l'attendait comme une explication. Peut-être même eût-il pardonné une faute à son repentir; mais elle se contint et se borna à répéter d'une voix saccadée :

— C'est impossible, et je ne le veux pas!

— Réfléchissez jusqu'à demain, Nérie, je vous en conjure au nom de notre amour, que vous ne pouvez avoir oublié. Si, lorsque j'arriverai, vous venez à moi en m'embrassant, et si vous prenez mon bras,

vous aurez consenti, et je resterai; dans le cas contraire, je ne vous reverrai jamais.

Il revint en effet le lendemain à l'heure indiquée,
mais Nérie était partie avec son père et leur nouvel
hôte pour une excursion dans le voisinage. Ils ne devaient rentrer que le soir; la mère était seule. Maurice,
pâle et calme à faire peur dans cette crise suprême,
eut le courage de s'entretenir quelques instants avec
elle de choses indifférentes, et se retira sans affecta-
tion après l'avoir saluée, mais seulement au fond du
cœur, d'un éternel adieu.

Rentré chez lui, il donna des ordres pour qu'on dît
à tout venant qu'il était parti; il aurait voulu partir en
effet, et il avait même commencé ses préparatifs; mais
il ne put aller jusqu'au bout.

Ce n'est point qu'il regrettât sa détermination, il la
considérait au contraire comme une délivrance, elle
lui était légère et douce; mais son cœur ne voulait pas
la suivre. A aucun prix, il n'eût consenti à repasser le
seuil inhospitalier et maudit dont il avait secoué la
poussière; et cependant il avait encore besoin de respirer alentour. Être entraîné par son âme tout en-

22.

tière et retenu par la raison, repoussé par la force des circonstances ou par l'impuissance de sa destinée, c'est l'idéal des supplices. Bientôt, dans cette perplexité déchirante, éperdu, brisé, anéanti, il se sentit défaillir, et sa tête s'égara dans une absence étrange; il resta jusqu'au soir en cet état de prostration, enseveli dans une sombre mélancolie, immobile de stupeur. Tout à coup, réveillé en sursaut par une inquiétude fébrile, il se leva, et, après quelques pas incertains, où il semblait se défendre, avec la plus vive agitation, d'une vision qui l'envahissait, il s'élança hors de sa chambre et sortit de l'hôtel à la dérobée.

SOUVENIR

Souvent, lorsque le jour décline
Et que la nuit s'épand des cieux,
Comme une fleur tombe et s'incline,
Mon front se penche soucieux.
Mon âme, triste et recueillie,
Lasse des hommes et du sort,
Sur elle-même se replie,
S'enivre de mélancolie,
Dans le vague flotte et s'endort.

Un beau songe, peuplé d'images,
A mes yeux, d'horizonsé teints
Évoque les brillants mirages,
Aux doux et magiques lointains.
Sur son aile mystérieuse,
L'ange pieux du souvenir
Berce ma fatigue rêveuse.
Au retour d'une brise heureuse
Je sens mon être rajeunir.

C'est alors que dans l'air, tout parfumé d'aromes,
A mes yeux étonnés vos suaves fantômes
Sur un rayon divin glissent du firmament,
Femmes, êtres chéris, au sourire charmant,
A la main blanche, nue, et pleine de caresses;
Aux purs et longs regards, inondés de tendresses;
Dont la bouche pour moi fut un écrin charmant
De doux baisers éclos dans un sourire aimant.
Toutes je vous revois, aimables jeunes filles,
Comme je vous aimais, vives, fraîches, gentilles :
L'éclat de vos beaux jours ne s'est point éclipsé,
Et je vous aime encor comme par le passé;
Vous aussi, vous m'aimez... Ne serait-ce qu'un rêve?
Un doux rêve qui fuit quand le matin se lève?

Ou bien de mon printemps la séve et les amours
Dans un recoin du cœur palpitent-ils toujours?...
Sur mon col incliné vos jolis bras s'enlacent,
Dans vos longs cheveux noirs mes doigts caressants passent,
Sur ma poitrine en feu vous moulez votre sein.

. . . .

Qu'êtes-vous devenu, fol et joyeux essaim,
Et par quel vent du ciel votre troupe légère
A-t-elle pris l'essor loin de moi sur la terre?
Enfants, votre horizon est-il limpide et pur,
Brillant comme autrefois de rayons et d'azur?
Vos pas ont-ils des fleurs? vos jours sont-ils des fêtes?
Et le bonheur toujours embellit-il vos têtes?...
De cette vie amère, enfants, goûtez le miel;
Que l'amour à jamais vous garde dans son ciel.
Heureuses soyez-vous! et que dans la souffrance
Un souvenir pour vous devienne une espérance.
S'il vous fallait combattre un destin rigoureux,
Traverser par hasard quelques jours malheureux,
Je serai près de vous si votre voix m'appelle;
A l'amour, de nouveau, j'emprunterai son aile.

. . . .

L'une était vive et blonde, au regard bleu, profond,
Et de ses cheveux d'or, où le soleil se joue,

Je crois sentir encor le frisson sur ma joue.

La pensée en éclairs rayonnait sur son front :

Bouche d'or et coquette, à la voix de sirène,

Esprit et cœur d'enfant avec fierté de reine.

En baisant sa main blanche, enfant, j'appris l'amour,

J'aurais voulu pouvoir la baiser tout le jour.

Comme le nouveau-né désire la mamelle,

Avec pleurs, avec cris, dans mon ardeur nouvelle,

Je me fusse enivré de ses embrassements,

A cueillir sur sa bouche et baisers et serments...

Mais il est des ardeurs qu'il faut que l'âme oublie,

Dont l'hommage est de naître, et durer la folie.

L'autre, plus tendre, aux yeux pleins de douceur

(Elle m'aimait d'abord comme une sœur),

Ange d'amour, pleurait, sur des ruines,

L'essor perdu de ses ailes divines.

Sa vie était un hymne de douleur,

Et son génie égalait son malheur.

Marqué moi-même au sceau de la souffrance,

Je fis un jour se lever l'espérance

Sur ce cœur fier et grand quoique abattu :

De ses aïeux elle avait la vertu.

Mais que d'amour ! quelle ardeur de tendresses !

Sapho chrétienne, elle avait ses caresses,
Sa poésie, et ses feux, et son sang,
Dans la candeur d'un lis vierge et naissant...
Entre nous deux nous jetâmes l'absence,
Le temps, le ciel et même le silence.
Et cependant nous nous aimons toujours !
Car ma pensée auprès d'elle s'envole,
Et de ses pleurs en secret la console;
Mais sans regret s'éteindront nos amours...

Souvent je vois en rêve un vieux manoir gothique,
Sur une colline historique
Assis comme un géant, et de grands arbres frais,
A couronne fleurie, aux purs et doux ombrages,
Qui balancent leur tête au souffle des orages,
Et d'un premier amour sont les témoins discrets.

Le soir, aux blancs rayons d'une lune sereine,
La noble châtelaine
De son cœur solitaire exhale vers les cieux,
Sous ce bois constellé, les rêves et les vœux.
Et pour la consoler, sous les traits d'un beau page,
Un ange aux cheveux blonds, à travers le feuillage,
Vient sourire à ses yeux.

O toi, jeune fille jolie,
Aux beaux yeux noirs, aux fraîches dents,
Par l'amour encore embellie,
Qui m'inspiras mes premiers chants:
Objet de remords et de larmes,
Que je trouvai sur mon chemin;
Dont le malheur plus que les charmes
Attira ma main dans sa main;
J'aurais voulu, douce martyre,
Couronner ta tête de fleurs.
Et cependant mon cœur soupire,
Pour toi seule connaît les pleurs,
Et le soir s'exhale en prière...
Je voulais être ton soutien,
Avec toi passer sur la terre,
De ton bonheur faire le mien:
Mais l'homme, hélas! est-il son maître?
Il rêve ce qu'il voudrait être,
Il ne devient que ce qu'il peut,
Et le sort le mène où Dieu veut.
Lorsque je songe à tes alarmes,
A la devise : Amour et larmes,

Quoique désunis par le sort,

Je sens sur moi courir la mort !

Conserve-la, mais sois heureuse.

Sois heureuse, et que, par pitié,

Ton âme grande et généreuse

Me garde ma part d'amitié.

Que sous son aile tutélaire

S'endorme notre peine amère;

Sous son aile abritons toujours

Et nos regrets et nos amours.

Après avoir aimé, je sens que j'aime encore,

Et dans mon cœur heureux, pour celle que j'adore,

De mes amours passés je ne fais qu'un amour,

Ineffable, éternel et croissant chaque jour.

Tout mon être est amour : comme un souffle de flamme,

Puissé-je en un baiser à Dieu rendre mon âme!

MAURICE ET NÉRIE

XXIII

Quel est cet instinct fatal qui, en face d'une déception imminente, nous pousse en avant pour la regar-
der de plus près, pour nous en assurer et la toucher du doigt? Le malheur a-t-il son vertige comme
l'abîme?... Maurice, avec une impétuosité aveugle,
dirigea sa course vers la maison de Nérie.

Cette maison était isolée, et l'on pouvait y arriver
facilement, sans être vu, à travers les champs. Sa fa-
çade donnait au nord-est, sur la campagne, et ses fenêtres, à l'abri du soleil et de la pluie, n'étaient que fai-

blement garanties contre les regards curieux du dehors, peu à craindre d'ailleurs dans cette solitude, par
de simples rideaux relevés sur les côtés. D'un bouquet
de bois voisin, semé en amphitéâtre sur le talus d'un
ruisseau, la vue pénétrait aisément dans l'intérieur
des chambres, le soir surtout, à la lumière indiscrète
des lampes. Ce fut là que Maurice s'établit pour épier...
Quoi? Il n'aurait pas su le dire, il ne s'en était pas
rendu compte. Peut-être ne voulait-il que revoir
Nérie une dernière fois.

Elle était rentrée et se préparait à se mettre au
lit. Elle avait déroulé ses cheveux et achevait de les
peigner pour la nuit. Un bonnet coquet encadra bientôt
sa jolie figure; et, après avoir été suspendre sa robe,
elle revint détacher son corset devant la glace. S'appuyant ensuite sur le marbre de sa cheminée, elle se
prit à rêver, le front dans sa main, et la lumière se
jouait sur ses épaules nues. Elle était bien belle
ainsi. Mais alors l'ombre d'un nouveau personnage se
dessina sur le rideau. Il était discrètement entré sans
doute, car Nérie rêvait toujours, et ce ne fut que lorsqu'il l'eut baisée au cou qu'elle retourna la tête. Son

premier mouvement sembla plein de terreur, et puis
elle sourit. Bientôt elle rendit caresses pour caresses,
Maurice la vit se jeter avec transport dans les bras de
son prétendu parent, et la lampe s'éteignit. Il poussa
un cri de rage. Les trésors d'amour qu'il avait amassés
pour son compte dans le cœur de cette femme, elle les
prodiguait à un autre! Cette fleur de jeune fille mûre
pour l'amour, qu'il n'avait aspirée que de loin, un autre
la cueillait; ce qu'il avait respecté se souillait sous ses
yeux! D'un bond terrible il s'élança vers la maison.
Dans le délire de sa fureur et de sa jalousie, il voulait
tuer son rival qui trahissait l'hospitalité; il allait écra-
ser Nérie sous le poids de sa honte et confondre les
parents, en leur montrant l'ignoble résultat de leurs
menées insidieuses et de leurs irrésolutions perfides.
Son sens droit et l'honneur le retinrent à la porte au
moment où il allait y frapper. Hélas! Nérie était libre,
après tout, et elle ne l'avait point trompé! Qui voudrait
le croire? Était-ce à lui d'ailleurs qu'il appartenait de
déshonorer l'ingrate, objet de son culte, et de traîner
son idole dans la boue où elle s'était laissée tomber?

Il erra toute la nuit comme un insensé, dévoré par

23.

la fièvre, tantôt courant comme pour échapper à un souvenir odieux, tantôt s'arrêtant pour éclater en sanglots. Le matin, à son retour, son œil hagard, son visage défait, ses vêtements en désordre, sa voix saccadée et sa main tremblante, sa démarche convulsive, effrayèrent l'hôtel. On lui remit une lettre oubliée la veille. Il courut s'enfermer pour la lire. Quel bonheur de pouvoir se venger au moins en répondant! Mais la lettre ne venait pas de Nérie, elle était datée de Paris, et conçue en ces termes :

« Monsieur,

« On m'assure que vous allez vous marier et que vous êtes parti sans retour. J'ai peine à le croire, parce que vous ne m'avez pas dit adieu. Il me semble qu'à votre place je n'aurais point quitté ainsi une amie de trois ans, même une amie à distance. C'est que peut-être je ne pensais pas à me marier, moi, pendant que je vous voyais.

« Quoi qu'il en soit, monsieur, soyez heureux.

« Votre voisine,

« BLANCHE. »

Maurice sentit son cœur se dégonfler en lisant cette lettre, et une larme obscurcit ses yeux comme il finissait. — Ah! Nérie! soupira-t-il avec amertume, pourquoi vous ai-je connue? Le lendemain, il était revenu à Paris.

INVOCATION

———

Toi que j'aime toujours dans mon ardeur naïve,
Et que je cherche encor d'une foi ferme et vive,
Malgré de longs espoirs couronnés de douleurs,
A travers les ennuis de ma jeunesse en pleurs;
Rêve inné de beauté, d'amour et d'innocence,
Douce moitié de vie, Ève de mon destin,
Ange, qui ne t'es point offert en mon chemin,
Et dont pourtant, hélas! je souffre de l'absence,
Que chaque soir j'attends en me disant : Demain;

C'est vers toi qu'en son vol s'élève ma pensée,
Belle vierge inconnue, ô douce fiancée
Du poëte esseulé, sans bien et sans amour;
C'est vers toi que mon cœur s'élance dès l'aurore,
Ouvrant comme un oiseau ses ailes tout le jour;
C'est pour toi que la nuit souvent il veille encore.
La vie est une flamme, un long hymne pour moi
Qu'en aspirations j'élève jusqu'à toi.

Si je la trouve un jour dans mon pèlerinage,
Je la reconnaîtrai, car j'ai sa douce image
Gravée en traits de feu dans le secret du cœur.
Elle est brune, aux yeux noirs, d'une exquise douceur;
Sur son front arrondi sa longue chevelure
De l'ange de la nuit verse la majesté,
Et sur ses traits frappants de blancheur mate et pure
Poind un signe coquet, enivrant de beauté.
Sa joue, on la croirait une rose mourante
Étalant la fraîcheur de sa pourpre odorante.
Le sourire détend ses lèvres de corail,
Et de ses dents de perle épanouit l'émail.
Sa tête sur son sein s'incline recueillie
De pensers et d'amour doublement embellie.

Je la revois encor, telle que je la vis

Apparaître, en un rêve, à mes regards ravis,
Et foudroyant d'amour mon cœur et ma pensée.
Sa taille souple et frêle, élégante, élancée,
De son corps gracieux accuse les contours,
Que voilent de leurs plis des dentelles à jours.

Peut-être qu'elle aussi, dans un lieu que j'ignore,
Soupire après l'ami que tout bas elle implore ;
Peut-être dans la foule, interrogeant son cœur,
Elle jette au hasard un œil triste et rêveur !
Puissent nos deux soupirs sur la brise qui passe,
Sur le nuage d'or qui flotte dans l'espace,
En sillonnant l'éther de leur vol tout le jour,
Se rencontrer enfin dans un baiser d'amour !

La fleur jette un parfum à la fleur qui l'appelle,
Son message d'amour est porté par les vents ;
L'oiseau donne à l'oiseau rendez-vous au printemps,
Et pour se reconnaître a ses chants et son aile.
Chaque chose d'instinct attire l'autre à soi.
Moi, je n'ai que mes vœux pour t'appeler à moi,
Une prière, un cri de la nature avare ;
Et je les jette aux lieux, au temps qui nous sépare ;
Que d'échos en échos il arrive vers toi.

MAURICE ET NÉRIE

XXIV

Nos facultés, bornées dans leur action et dans leurs effets, ne sont point bornées en elles-mêmes ni dans leurs aspirations. L'âme humaine, par exemple, a toujours en réserve un fond de sympathie et de tendresse inépuisable. Quelles que soient les affections qui l'occupent, de nouvelles peuvent y trouver place. Nous en éprouvons même le besoin, et nous en recherchons à notre insu, surtout dans la région calme des idées, dans la sphère sereine des sentiments élevés et généreux. Il n'est point d'attachement, si étroit et si fort, qui ne laisse notre cœur accessible par quelque endroit à l'infini, et, par suite, aux douces surprises, aux rencontres aimables. C'est ce qui fait de la constance un mérite, presque une vertu, et de l'immortalité une certitude. Combien de liaisons, commencées par un regard ou par une parole et que les circonstances ou l'ordre viennent interrompre, se poursuivent néanmoins dans les mystérieuses profondeurs de notre intimité! Leur souvenir mélancolique n'est point sans charme, et nous avons l'espérance de les voir s'achever dans ce monde idéal où tout doit refleurir.

Maurice ne quitta point Paris. Il ne s'y sentait plus isolé, et, quoique toujours à l'écart de la mêlée, il avait besoin, plus que jamais, de s'y absorber pour apaiser l'inquiétude de son esprit, pour soulager l'oppression de son âme. Assis dans un coin modeste, au parterre de ce vaste théâtre où s'agitent tant d'idées et de si vastes intérêts, il suivrait le mouvement de la scène et le jeu des acteurs, en attendant qu'il lui fût donné d'être lui-même un personnage. Pourquoi son heure ne sonnerait-elle point? Il faut un but dans

la vie, ou l'on se défend mal contre l'ennui qui l'as-
siége. Et c'est par·la foi qu'on parvient à son but, à
travers les bizarreries du sort, les caprices de la fortune et les chances de la destinée. Jusque-là il sup-
pléerait, par l'étendue de sa pensée, à l'insuffisance
de sa destinée, et, en tout cas, il oublierait Nérie.

Il l'a oubliée, en effet. Il a appris sans émotion
qu'elle avait été abandonnée par son séducteur. Celui-ci n'avait en vue que de s'assurer la possession de
la dot supposée, et il s'était retiré aussitôt après avoir
découvert qu'il n'y avait plus de dot qu'en espérance.
Maurice croit même avoir payé son tribut à l'amour
et qu'il est désormais à l'abri des orages du cœur.
Mais tel n'est point l'avis de sa voisine Blanche, et
peut-être un rêve naissant aspire-t-il à éclore au chaud
rayon de sa prunelle. Voici cependant les vers qu'il
voulait lui adresser. Il est vrai qu'elle l'en a grondé
et qu'il ne les a point achevés. A vous, cher lecteur,
de décider.

> Il est des instants où mon cœur,
> Comme navré de lassitude,

Se clôt au monde extérieur,
Et s'endort dans la solitude.

Dans cette ivresse de sommeil,
Ma tristesse s'exhale en rêve,
Et vers le beau monte et s'élève,
Comme les vapeurs au soleil.

A ces choses qui devraient être,
Qui pourtant ne sont pas, hélas !
J'aspire, et, pour les faire naître,
J'invoque l'avenir tout bas.

Car l'avenir, c'est l'espérance ;
Car l'avenir, c'est la moisson
Dont le présent est la semence ;
C'est le bonheur... à l'horizon !

TABLE

—

La jeune Fille. 9

  Maurice et Nérie. — I. 17

La Femme. 19

  Maurice et Nérie. — II. 27

L'Exil du Cœur. 31

  Maurice et Nérie. — III. 35

Quelle aimerai-je? 39

  Maurice et Nérie. — IV. 45

A Nérie. 49

  Maurice et Nérie. — V. 53

Prémices de l'Amour. 55

  Maurice et Nérie. — VI. 61

Premier Baiser.   65

   Maurice et Nérie. — VII.   71

Au bas de son Portrait.   75

   Maurice et Nérie. — VIII.   81

Premières Larmes.   87

   Maurice et Nérie. — IX.   95

Mouvements divers. — I.   99

   Maurice et Nérie. — X.   103

Mouvements divers. — II.   109

   Maurice et Nérie. — XI.   113

Mouvements divers. — III.   119

   Maurice et Nérie. — XII.   125

Amour.   127

   Maurice et Nérie. — XIII.   135

A Elle.   139

   Maurice et Nérie. — XIV.   143

Rêves et Soupirs.   147

   Maurice et Nérie. — XV.   161

Le Printemps et l'Amour.   167

   Maurice et Nérie. — XVI.   183

Absence et Mélancolie.   187

   Maurice et Nérie. — XVII.   195

Qu'est-ce donc que l'Amour? — A ma Sœur.   199

   Maurice et Nérie. — XVIII.   211

Ceux qui aiment.   215

   Maurice et Nérie. — XIX.   219

Les Épreuves de l'Amour.   225

TABLE.

Maurice et Nérie. — XX. 231

Désespoir. 235

Maurice et Nérie. — XXI. 241

Adieu. 247

Maurice et Nérie. — XXII. 255

Souvenir. 259

Maurice et Nérie. — XXIII. 267

Invocation. 275

Maurice et Nérie. — XXIV. 277

PARIS. — IMP. SIMON RAÇON ET COMP., RUE D'ERFURTH, 1

DU MÊME AUTEUR A LA MÊME LIBRAIRIE

—

LES PSAUMES

TRADUCTION NOUVELLE

SUIVIE DE NOTES ET RÉFLEXIONS

1 vol. in-18

PARIS. — IMP. SIMON RAÇON ET Cⁱᵉ, RUE D'ERFURTH, 1.

www.ingramcontent.com/pod-product-compliance
Lightning Source LLC
Chambersburg PA
CBHW071910020726
47502CB00003B/956

* 9 7 8 2 0 1 9 1 9 8 3 1 2 *